하즈키 아야
Aya Hazuki
일러스트 부타

Hello, Hello
and Hello
~piece of mind~

Contents

늘로 날아갔다.

다.

그 순간 내 코를 간질인 건

그리고 쓰러진 내가 본 것은

동시에 그녀의 손에 있던 분홍색 책갈피가 히

빛에 젖은 그것은 벚꽃 꽃잎처럼 보이기도 했

희미한, 그렇지만 확실한 봄 향기.

은 그날보다 눈부신 봄 하늘이었다.

이건 내가 자아낸, 그 여름에서부터 이어진 그는 모르는 『소원』 이야기.

그리고—

이건 내게 온, 어느 봄으로 이어지는 그녀가 모르는 『희망』 이야기.

서랍에 넣어둔 꽃 색

Prologue

학교에서 돌아오는 길.

조금이나마 거리를 줄여보려고 가로지른 작은 공원 끝에서 걸음을 멈추었다.

어지간히 지저분한 파란 벤치에 본 적 없을 정도로 아름다운 사람이 홀로 앉아있었기 때문이다. 무릎 위에는 책 한 권, 분홍색 책갈피는 사이에 끼우지 않은 채 표지 위에 올려두었다.

아마 세계니 하느님이니 하는 존재도 그녀의 아름다움은 잘 알고 있으리라.

얼마 전에 눈이 쌓였었다고는 도저히 상상도 못할 정도로 따뜻하고 부드러운 햇살이 오로지 그녀를 축복하기 위해 가득했다. 그 광경이 마치 그림 같아서, 가능하다면 오래오래 보고 싶다고 생각했다.

그 충동이 이끄는 대로 새빨간 책가방 끈을 꽉 움켜쥐고 휴우숨을 내쉬었다. 기합을 넣으면서 얼마 전에 산 신발이 향하는 방향을 바꾸어 보았다. 그리고 아기고양이를 발견했을 때처럼 신중하게 그 사람에게 다가가 옆에 앉았다.

그 사람은 이쪽을 힐끗 봤지만 바로 어딘가 먼 곳을 보기라도 하듯이 어제보다 한 걸음 봄으로 다가간 하늘색 하늘을 향해 고개를 들었다.

그래도 아직 봄까지는 조금 멀었는지 옆에 서 있는 벚나무는 앙상하다.

그런데도 왜 이렇게 달콤한 벚꽃 향기가 감도는 걸까.

나는 그녀를 계속 쳐다봤다.

쭉 뻗은 목 라인.

하늘을 올려다보는 턱의 윤곽.

봄 색이 감도는 하늘을 받아들인 눈동자.

가까이서 보자 그 아름다움은 한층 더 빛을 발했다.

길게 기른 머리는 살랑거리고, 눈썹은 사락 위로 말려 올라갔고, 표정은 즐거운 듯 기쁜 듯 행복해 보이고, 하지만—.

약간 슬퍼보였다.

아마 말을 건 것은 그 약간의 슬픔이 마음에 걸렸기 때문일 것이다. 너무나 완벽한 광경인데, 아니, 완벽해서 더더욱 그 작은 상처가 신경 쓰였다.

"저기, 언니."

갑자기 말을 걸어서 그런지 그녀는 움찔 어깨를 떨었다. 그리고 이쪽을 돌아보며 검지로 그 예쁜 얼굴을 가리켰다. 커다란 눈을 동그랗게 뜬 모습도 너무 귀엽다. 아아, 연상에게 귀엽다고 하면 실례일까. 하지만 그런 생각이 드니까 어쩔 수 없다.

"언니라면 나?"

"응."

"그래. 무슨 일이니?"

처음엔 무난한 대화부터—.

"머리 길다. 진짜 예뻐."

그녀는 부드럽게 웃었다.

"그렇지?"

"기르는 것 힘들어?"

"엄청 힘들었지. 그래도 자르고 싶다는 생각은 한번도 안 했어."

"흐음. 왜?"

"그야 이건 내 자랑거리니까. 들인 시간도, 소중하게 손질한 마음도, 그 모든 게 내가 사랑을 했다는 확실한 증거니까."

엄마가 말했던가.

머리카락은 1년에 15센티미터 정도 자란다고⋯⋯.

원래는 눈에 보이지 않는 시간이 분명한 형태를 갖고 그녀에게 기대어 흔들리고 있다. 그녀의 머리카락은 지금 몇 센티미터나 될까.

"언니는, 사랑을 했어?"

"그래, 세상에서 가장 행복한 사랑을 했지."

나는 언니를 올려다보면서 방금 그 말이 무슨 뜻인지 곰곰이 곱씹어보았다. 세상에서 가장 행복한 사랑. 그건 어떤 것일까. 아주 달달한 것일까.

아, 그러고 보니⋯⋯.

주머니를 뒤적거리자 손끝에 딱딱한 게 닿았다. 다행이다. 마침 두 개 있었다.

"언니. 초콜릿 먹을래?"

주머니에서 꺼낸 한 입 사이즈 초콜릿을 그녀에게 내밀었다. 사실은 간식으로 먹으려던 것이지만, 그녀라면 줘도 될 것 같다. 왜냐하면 오늘은—.

"응?"

"초코 싫어?"

"좋아하긴 하는데, 왜?"

"난 단 걸 먹으면 기운이 나. 언니는 안 그래?"

"아니. 기운 나."

"그럼 자. 먹어."

난 두 개 중 하나를 내 입에 넣고 남은 걸 언니 눈앞에 내밀었다. 그녀는 약간 망설이면서도 살짝 잡아들었다.

"잘 먹을게."

새빨간 입술에 작은 밀크 초콜릿이 들어가는 것을 끝까지 본 후에 말했다.

"오늘은 밸런타인데이래. 친구나 소중한 사람에게 초콜릿을 주는 날이야."

말하는데 갑자기 부끄러워져서 홱 시선을 돌렸다.

공원의 놀이기구를 봤다. 그네가 있다. 미끄럼틀이 있다. 아무도 없다. 세상 사람들에게서 잊힌 것처럼 쓸쓸하다. 시야 한 구석에 언니의 모습이 보이는 게 그나마 위안이었다.

하지만 그녀는 입 안에서 초콜릿을 녹이고 있어서 아무 말도 할 수 없었다.

나만 계속 말을 이어갔다.

"나는, 오늘은 타이랑 카이에게 줬어. 언니는 초콜릿 줬어?"

그녀는 고개를 끄덕였다.

"그랬더니 다들 기뻐했어. 그러니까 언니도 기운 차리면 좋겠다."

"……나, 기운 없지 않은데."

"근데 꼭 울 것처럼 보여."

내 말에 그녀는 자기 뺨에 손을 대고 무언가를 확인했다.

그 손끝이 젖지는 않았다.

"후후. 예전에 다른 사람한테도 그런 말을 들은 적이 있지. 큰일이네, 큰일이야."

그녀의 신발이 달랑달랑 흔들렸다. 앞으로 뒤로, 마치 그네처럼……

그녀가 지은 슬픔의 빛이 약간 짙어졌다. 그런데 아까보다 훨씬 더 행복해 보이는 표정을 짓고 있는 건 어째서일까.

"그 사람에게 전해진 약속이, 계속 울리는 그 사람의 목소리가. 지금도 나를 잡고 떠나질 않아."

—마치 저주^{축복}의 말처럼.

그 말이 신호라도 되는 듯 바람이 불었다. 아직 겨울의 매서운 공기를 품은 그것은 봄의 빛을 살짝 흔들었다. 힐끔 힐끔 시야 끝에 황금색이 비친다.

동시에 그녀의 손에 있던 분홍색 책갈피가 하늘로 날아갔다.

빛에 젖은 그것은 벚꽃 꽃잎처럼 보이기도 했다.

""아.""

우리는 동시에 소리를 지르고, 동시에 벌떡 일어나, 동시에 손을 뻗었다. 하지만 그건 스륵 그녀의 손에서 빠져나와 내 손에 살짝 내려앉았다. 전혀 특별할 것 없는 종이였다. 앞에도 뒤에도 아무것도 안 적혀 있었다. 다만 오랫동안 그녀가 소중하게 간직해왔다는 것만은 알 수 있었다. 그녀가 풍기는 벚꽃 향기가 또렷하게 배어있었으니까.

"자. 언니, 여기."

그녀는 가만히 그 책갈피를 보다가 고개를 가로저었다.

"줄게. 초콜릿에 대한 보답이야."

"근데 이게 없으면 책, 어디까지 읽었는지 알 수 없잖아."

"아아. 그렇구나. 아냐. 그건 사실 책갈피가 아니라—"

그녀는 거기서 혼잣말을 중얼거렸다. 혼잣말, 이었다고 생각한다.

"그러게. 그 순간은 사실이었어. 거짓이 아니었지."

이윽고 그녀가 그게 무엇이었는지를 말했다. 책이랑 같이 있어서 책갈피라고 생각했지만 듣고 보니 확실히 『그것』으로 보였다. 끼워진 건 없었지만 구멍도 뚫려있고……

그건 별에 소원을 비는 것.

"괜찮아?"

"응. 내 소원은 이미 이루어졌거든."

"언니는 뭘 빌었는데?"

"난, 아냐. 우리 두 사람은 마지막 순간에 서로에게 같은 것을 빌었어. 외쳤고. 말 그대로 밤하늘에서 빛나는 직녀성과 견우성처럼. 「날 만나러 와」라고. 「이름을 불러줘」라고. 왜냐면 그건……"

그녀는 말을 끊었다. 심호흡을 했다. 고개를 들었다.

그리고 이번에는 진심으로 웃었다.

"좋아했다는 증표니까."

어느 틈엔가 그녀의 얼굴에서 슬픔은 사라지고 없었다. 초콜릿의 달콤함이 슬픔을 녹인 걸까, 아니면 깊은 슬픔과 방대한 절망까지도 닦아버릴 수 있는 기쁨이 있었음을 떠올린 걸까. 나로서는 알 수 없었다.

다만 알 수 있는 것은 딱 하나.

이렇게 아름답게 웃는 사람은 지금까지 살아오면서 한 번도 본 적 없다는 것.

갑자기 눈물이 날 것 같아서 당황했다. 코 안이 찌릿하고 세상이 살짝 흔들렸다. 슬퍼서가 아니다. 괴로운 것도 아니다. 물론 아프지도 않았다.

세상의 모든 기쁨과 넘치는 행복을 손에 넣은 것 같은 그녀의 미소에 내 마음이 따뜻하게 채워진 것이다.

"그러니까 언젠가 소원이 생긴다면, 정말 원하는 것이 생기면 여기 써봐. 틀림없이 내 소원처럼 별빛에 닿을 거야."

그렇게 하면 나도 이렇게 아름답게 웃을 수 있을까.

혼자 숙제를 정리하다가 지우개를 찾으려고 서랍을 열었다. 그곳에는 과거 친구들과 찍은 사진이 있었다. 처음 백 점을 받았던 시험지가 있었다. 신사에서 뽑은 대길(大吉) 제비. 라무네 안에 든 구슬. 그 외에도 많은 추억들이 서랍 안에 잠들어 있었다.

그런데 이때, 내 마음을 끈 것은 분홍색 종이에서 풍기는 희미한 벚꽃 향기였다.

얼핏 보면 책갈피처럼 보이는 그것은 사실 내 소원을 적기 위한 것이었다.

오래 전에 근처 공원에서 주웠던 것. 그리고 지금 내게는 그때와는 다르게, 반드시 이루고 싶은 소원이 있었다. 생각했다. 고민했다. 하지만 결국 아직 붙잡지는 않았다.

그래서 봄의 햇살 속, 차가운 바람이 내게 날라다준 분홍색 봄의 파편은 아직도 백지 상태로 서랍 안에 잠들어 있었다.

언젠가, 내가 여기 쓰기에 아깝지 않은 소원이 생기는 그 날까지……

별을 잇고, 소원을 자아

Contact. 130

"어? 요시다. 요시~."

그와 약속한 시간까지 30분 정도 남았을 때의 일이었다.

역 남쪽 출구에 있는 상점가 아케이드 한 구석에서 걸음을 멈추었다. 딱 봐도 개인이 경영하는 듯한 작은 헌책방의 활짝 열린 문. 그 맞은편에서 요시를 발견했기 때문이다.

아무래도 내 목소리도, 높이 뻗은 손도 못 알아차린 모양이다.

잠시 생각한 후 살짝 걸음의 방향을 바꾸기로 했다.

물론, 그가 있는 쪽으로…….

한 걸음 두 걸음, 들리지도 않을 발소리를 죽이고 다가갔다.

어둑어둑한 가게 안의 먼지가 문과 창문으로 들어오는 빛을 받아 반사시키며 반짝반짝 춤을 췄다. 그 안에서 이야기에 몰두한 그의 서 있는 모습은 제법 근사했다.

입고 있는 새하얀 셔츠는 방과 후임에도 주름 하나 없었고, 등에 막대기라도 꽂은 게 아닐까 싶을 정도로 꼿꼿한 자세로 서 있었다. 가끔 약간 길어진 앞머리가 거슬리는지 손가락으로 오른쪽, 혹은 왼쪽으로 치웠다. 남자임에도 긴 편인 속눈썹 아래의 부드러운 눈동자가 아래위로 글자를 따라 움직였다.

입구 옆까지 온 나는 거기 놓인 카트에 빼곡하게 꽂힌 책 중에서 아무 거나 하나를 뽑아 들었다.

커버는 너덜너덜하고 책등에는 세로로 길게 균열이 생겨 있었다. 휙 돌려본 뒷표지에는 『100엔』이란 글자가 연필로 희미하게 적혀있었다. 캔 주스보다 싸다.

평소 책을 안 읽는 사람이라도 이름 정도는 들어봤을 것이다. 교과서에도 실릴 정도로 유명한 작가의, 아마도 가장 유명한 책일 테니.

햇빛에 바래서 바싹 마른 종이 특유의 빳빳한 감촉을 즐기면서도 이야기를 구성하고 있는 글자는 전혀 안 읽고 있었다. 오직 아까보다 크게 보이는 한 살 연하의 남자 아이만 보고 있었다.

내 시선을 느낀 건지, 혹은 그냥 우연인지.

요시가 퍼뜩 뭔가 생각난 것처럼 책에서 고개를 들고 겨우 이쪽을 봐줬다. 놀란 그는 씨익 웃었다.

그리고 나도 다시 웃음으로 답했다.

『그거, 재미있어?』

『그럭저럭.』

『그런 것치고는 꽤 진지하게 읽는 것 같던데?』

우리는 소리를 죽이고 대화했다. 눈의 희미한 움직임과 입 모양, 눈동자 안에 살짝 감춘 감정 등으로. 조금씩 몸짓과 손짓을 섞어가면서…….

『들켰나? 잠깐만 더 기다려 줄래? 조금만 더 읽으면 끊을 부분이 나올 것 같아.』

『음~, 어떡할까.』

『부탁합니다.』

『농담이야. 천천히 봐.』

『고마워. 유키는 뭐 읽고 있어?』

요시가 끄덕이던 고개를 갸우뚱하자 나는 그에게도 표지가 보이도록 손에 든 책을 얼굴 높이로 들었다. 시야를 아래위로 정확하게 가르는 경계선의 윗부분을 보고 납득했다는 표정을 지었다.

『그렇군. 명작이지. 그럼 5분만.』

『응.』

그렇게 요시는 다시 이야기의 바다로 빠져들어 항해를 재개했다.

이번에는 그의 독서를 방해하지 않도록 나 역시 아까부터 명작을 이야기하고 싶어서 근질거리는 글자들을 조심스럽게 좇기 시작했다.

＊

내가 세가와 하루요시와 만난 건 이틀 전이다.

학교를 마치고 집에 가는 그에게 말을 걸어 역까지 가는 길을 가르쳐 달라고 했다.

뻔하고 서툴기 짝이 없는 헌팅을 요시가 아무 의심도 없이 받아들여 주리라는 것을, 나는 오래 전부터 알고 있었다.

"고마워. 덕분에 살았어. 역 앞 비즈니스호텔을 예약했는데, 산책하다보니 돌아가는 길을 까먹었지 뭐야."

당장이라도 울음을 터뜨릴 것 같은 흐린 하늘 아래, 두 개의 우산 끝이 아스팔트를 스쳤다. 드르륵, 드르륵 소리를 내면서……

"호텔이면, 여행이라도 온 거야?"

"응. 그런 거지."

"여행이면 좀 더 관광할 수 있는 곳에 가면 좋을 텐데. 아, 그쪽 말고. 이쪽이 가까워. 으음."

"난 시이나 유키야."

"난 세가와 하루요시."

사실은 그와 몇 번이나 걸었던 그 길을, 우리는 서로에게 자기소개를 하면서 걸었다. 이름이라든가 나이. 필요도 없는 혈액형까지. 벌써 몇 번을 들었는지도 알 수 없는 것들을 나는 **또 처음** 들었다.

"아무리 그래도 역시 아깝네. 이렇게 아무것도 없는 시골 마을은 재미없잖아."

"후훗. 자기가 사는 곳을 그렇게 말하면 안 되지. 그, 난 관광지보다 별 특별할 것 없는 평범한 경치를 보면서 목적 없이 걷는 걸 좋아해. 그리고 난 이 동네, 마음에 드는데."

그건 사실이다.

나는 이 동네가 꽤 마음에 든다.

"그런 마음이라면 모르는 건 아니야. 나도 산책 같은 걸 좋아해. 모르는 골목길을 발견하면 나도 모르게 그쪽으로 가버리기도 하고."

"가게 되지, 샛길."

"응. 어디로 이어지는지도 모르면서."

"그 어디로 이어지는지 알 수 없는 느낌이 두근거리잖아."

"맞아. 알고 싶지도 않고 알면 안 될 것 같지만, 이해해. 그리고 지금 너처럼 길을 잃곤 하지."

그런 하잘 것 없는 대화를 신나게 하고 있는데 타이밍 좋게 골목

길이 나타났다. 그 입구를 우산으로 톡 쳤다. 뒤에서 요시가 멈춘 것이 느껴졌다. 그래서 빙글 몸을 돌려 웃었다.

못 말리겠다며, 숨길 생각도 없는 말이 그의 웃는 얼굴에 붙어 있어서 조금 우스웠다.

싫기만 한 것은 아닌 얼굴. 그런 것도 나는, 오직 나만은 알고 있다.

"좋아, 그럼 가볼까."

"그래."

씩씩하게 주먹을 들어 올리고 골목길을 따라갔다.

계절은 매일 여름으로 바뀌어갔고 달력의 엑스 표시가 늘어감에 따라 기온은 점점 올라갔다. 누가 사는지도 모를 집 담에서 자란, 역시나 이름 모를 꽃의 이파리 색은 점점 진녹색이 되어갔다.

"시이나 씨는 어디서 왔어?"

눈앞까지 뻗은 잎을 치우면서 그가 물었다.

"그냥 유키라고 불러. 뒤에 씨는 안 붙여도 돼."

그 질문에 대한 답을 할 수 없는 나는 화제를 돌리듯이 그렇게 말했다.

"아, 근데. 연상이기도 하니까."

"괜찮아, 괜찮아. 대신 나도 요시라고 불러도 되지?"

"하루가 아니라?"

"평소에는 그렇게 불러?"

"응."

"그럼 역시 요시로 하자. 다른 사람들하고 같은 호칭은 재미없잖

아. 결정이다?"

싱긋 웃으면서 묻자 요시는 푹푹 찌는 더위 때문인지 살짝 얼굴을 붉히고 입을 다물어 버렸다.

"요시?"

하지만 아래에서 올려다보자 그는 당황한 듯 정신을 차렸다. 그리고 어째서인지 홱 시선을 피해버렸다. 어, 뭐지. 이 반응은 모르겠는데…….

"어? 아, 으응. 알았어, 잘 부탁해. 유키."

"응? 그래, 반가워. 요시."

6월 29일, 수요일.

장마가 끝나려면 조금 더 시간이 필요할 것 같은 그날, 우리는 백삼십 번째 처음을 맞았다.

❋

내가 그 낡은 책에 실려 있던 단편 중 한 편을 다 읽었을 무렵, 요시가 가게에서 나왔다. 어깨에 걸친 가방이 허리 부근에서 흔들렸다. 손에는 갈색 종이봉투. 딱 책 한 권 정도 들어갈 크기다.

"기다리게 해서 미안."

"뭐야, 결국 샀네."

"응. 그래도 끊기 좋은 부분까지 읽지 않으면 찝찝해서."

그는 그렇게 말하고 종이봉투를 가볍게 들어 보였다. 그래서 그의 손에 종이봉투 말고도 뭔가 들려있음을 알아차렸다. 직사각형 모양의 하늘색 종이. 책갈피일까.

그런 것치고는 너무 밋밋한 것 같기도 한데.

"저기, 요시. 그거 뭐야?"

"어떤 거?"

"그 하늘색."

"아아, 이거? 덤이라고 해야 하나, 음. 오늘 7월이잖아."

"응."

"그래서 7월 7일에……."

"칠석이구나."

은하수에 가로막힌 두 사람이 1년에 딱 한 번 만난다는 그 날.

그렇다면 저 종이는—.

"맞아. 올해는 상점가를 활성화시키려고 조합 사람들이 기획했대. 물건을 사는 사람에게 이런 소원 종이를 나눠주기로. 이 길을 조금 따라 가면 트인 장소가 있어. 거기 조릿대나무를 놔뒀는데 칠석에는 조명 같은 것도 설치할 거래."

그 모습을 상상해 보았다.

흔들리는 조릿대의 잎.

빛을 받은 많은 소원들.

나도 모르게 힘을 주고 말했다.

"그거, 진짜 멋있을 것 같다."

"어? 그래?"

"응. 우와아, 좋다. 음, 나도 참가할 수 있나?"

"괜찮을걸. 아까도 말했지만 상점가에서 물건을 사면 소원 종이를 받을 수 있으니까."

"그렇구나. 요시. 잠깐만 기다려봐. 나도 받아올래."

요시와 교대로 헌책방에 들어갔다.

생각보다 어두컴컴하고 답답했다.

가게 안에 있는 카운터에는 헐렁한 셔츠에 잠방이 차림의, 도저히 접객업에 종사하는 사람이라고는 생각하기 어려운 모습의 아저씨가 혼자 의자에 앉아 독서삼매경에 빠져 있었다. 사장님, 일까. 그는 나를 힐끗 보고는 바로 들고 있던 책의 세계로 돌아가 버려서, 나도 또 고개만 숙이고 서가와 서가 사이의 좁은 길을 천천히 걸었다.

유명한 작품도, 모르는 작품도 똑같이 꽂혀있다.

책등은 이세계로 통하는 문고리 손잡이다.

어, 느, 것, 으, 로, 할, 까, 요.

이렇게 이야기를 찾는 순간이 무척 즐겁다. 사실은 충분히 시간을 들여서 고르고 싶지만 지금은 요시가 기다리고 있으니 서둘러 결정해야 한다. 다자이 오사무냐, 아쿠타가와 류노스케냐. 읽은 적 없는 미시마 유키오에 도전해보는 것도 재미있을지 모른다. 유명한 건 금각사겠지.

음, 미시마, 미시마.

저자 이름이 아이우에오 순으로 꽂힌 책등을 손가락 끝으로 하나하나 더듬어가다가 전혀 상관없는 책이 한 권 끼어 있는 것을 발견했다.

짙은 파란색 바탕에 흰색으로 제목이 적혀 있었다.

누군가가 원래 자리로 돌려놓지 않고 적당히 쑤셔 넣은 것이리라.

손끝을 사용해 하드커버의 딱딱한 책등을 살짝 내 쪽으로 기울였다. 서가 안에서 표지가 살짝 얼굴을 드러냈다. 크고 작은 다양한 빛의 알갱이가 흩뿌려진 그것은 별자리 도감이었다.

나는 별의 이름도, 별자리 모양도 거의 모른다.

소설 주제로 이용될 때가 많아서 언젠가 차분하게 공부해보고 싶다고는 생각했지만, 좀처럼 그럴 기회가 없어서 지금까지 하지 못했다. 어쩌면 지금이 그 기회일지도 모른다.

열 맞춰 있는 책들 사이에서 억지로 뽑혀져 나온 것을 힘을 주어 뽑았다.

후우~ 하고 책 위에 쌓여있던 먼지를 불고 표지를 쓰다듬었다. 반질반질한 게 촉감이 좋다.

꼼꼼한 만듦새의 그 책은 조금 지저분하기는 했지만 중고치고는 깨끗한 편이었다.

팔락팔락 책장을 넘겨보자 컬러 사진이 많이 실려 있고 계절별로 별자리 설명이 실려 있었다. 머지않아 다가올 여름 항목의 칠석 페이지를 확인한 나는 조심스럽게 책을 덮었다. 그리고 아저씨에게 말했다.

"이거 살게요."

가격은 딱 500엔.

비싼 건지 싼 건지는 잘 모르겠다.

서비스인 소원 종이는 연분홍색이었다.

파라락, 통통.

창을 두드리는 그런 소리를 깨닫고 읽던 책에서 고개를 들었다.

커튼을 젖히자 언제부턴가 내리기 시작한 비가 점차 그 기세를 더해가고 있었다. 동네의 불빛이 비에 번져서 익숙한 밤경치가 평소보다 부드러워 보였다.

젖은 길이 빛을 반사해서 빨갛고 파랗게 빛났고 그 안을 가는 누군가의 걸음걸이가, 빗방울이, 빛이 담긴 물웅덩이에 떨어져 흔들흔들 파문을 일으키는 모습은 어쩐지 멋스럽기까지 했다.

나는 오늘 사온 별자리 도감을 탁 덮고 살짝 창문을 열었다. 그 순간 무더운 방으로 물기를 가득 머금은 차가운 공기가 들어왔다.

훅 퍼지는 이 향기는 비 냄새라고 부르면 될까.

혹은 공기 냄새거나.

하늘에서 무수히 떨어지는 투명한 물방울들은 내 눈에는 마치 하늘과 땅을 잇는 실처럼 보였다.

창문 틈새로 슥 내민 손가락에 빗줄기 하나가 닿았다가 튕겼다. 그건 절대 내 손가락에 고이지 않고 스르륵 미끄러지더니 더욱 아래로, 아래로 떨어졌다.

비가 시작되는 곳으로 시선을 옮겼다.

원래라면 마을 조명에 지지 않을 정도로 빛나는 하늘이 오늘은 회색으로 가득 차 있었다.

그래서 그 회색 구름 너머는 보이지 않았지만 그래도 그 너머에는 확실하게 존재할 무언가를 생각했다.

조금 전까지 도감에서 보던 별자리 모양.

여름 하늘이라고 하면 데네브와 알타이르, 베가를 묶어서 이은 여름의 대삼각형이 제일 유명할 것이다. 푸르스름한 베가는 칠석의 직녀성. 알타이르는 견우성. 두 개의 별 한 가운데는 은하수가 흐르고 두 사람은 1년에 한 번밖에 못 만난다고 한다.

나는 책 옆에 놓여있던 분홍색 종이를 안 젖은 손으로 살짝 만져보았다.

특별한 것이라곤 전혀 없는 종이다.

좁은 직사각형 모양이라 얼핏 보면 무늬 없는 책갈피로도 보였다. 1년에 한 번, 칠석 밤에 그것에 소원을 적어 조릿대에 매달면 소원을 이루어준다고 한다.

고작 그것만으로 기적이 일어날 리 없다.

세계는 가끔 다정하지만 대체로 잔혹했다. 안다, 알고는 있지만⋯⋯.

몇 번이고 몇 번이고 쓰려고 시도했으나 소원을 말로 잘 바꿀 수 없어서 아직 아무것도 못 썼다.

하다 못 해 별이라도 보이면 달랐을까. 은하수의 반짝임을 건너는 오작교를 상상할 수 있다면 작은 용기라도 얻을 수 있었을까.

비는 계속 내렸다.

구름은 여전히 무겁다.

내 눈에 별빛은 보이지 않는다.

덥다.

나도 모르게 눈을 떴을 때 그렇게 생각했다. 어디가, 는 아니다. 전부. 얼굴부터 발끝까지 모두 펄펄 끓는 것 같다. 대체 언제 몸에 스며든 걸까.

안에서부터 끓어오르는 이 열 때문에 잠에서 깬 것이다. 무슨 일이 일어났는지 사실 잘 모르겠다.

등에 난 땀 때문에 셔츠가 몸에 찰싹 달라붙어서 기분 나빴다. 코가 막혀서 숨쉬기가 힘들었다.

이게 뭐지.

관절이 욱신거려서 아프니까 불쾌해서 나도 모르게 얼굴을 찡그렸다. 눈꺼풀은 무겁고, 몸은 그보다 더 무거워서 평소처럼 일어날 수 없었다. 애써 으음~ 하고 일어나려고 시도해보았지만 바로 털썩 나가떨어지고 말았다. 뽀송한 시트가 구겨지고 침대가 끼이익 비명을 질렀다.

헉헉, 짧고 뜨거운 호흡을 반복하면서 고개만 돌려 침대 옆의 디지털시계를 쳐다봤다. 초록색 빛이 요시와의 약속 시간까지 앞으로 한 시간도 안 남았음을 알려주었다.

놀랍게도 열두 시간 넘게 잔 모양이다.

하지만 할 수만 있다면 이대로 더 자고 싶었다. 지금은 한 발자국도 움직이고 싶지 않았다. 움직일 수 없다.

그래도 나는 무의식중에 손을 뻗었다.

어린 내가 그 사고 현장에서 빛을 갈구할 때처럼…….

가야 돼.

요시가 기다려.

내가 없으면 그는 이 빗속에서 계속 나를 기다릴 거야. 그런 광경이 머릿속에서 끊임없이 재생되어 가슴이 아팠다.

무엇보다 유키라고 나를 불러주는 그 미소를 오늘은 너무 보고 싶었다.

"으, 으음 윽. 으으~."

이번에는 양손을 다 써서 몸을 일으켰다.

느릿느릿 수건으로 땀을 닦고 겨울 코트를 꺼냈다.

거울을 보자 얼굴이 새빨간 내 모습이 비쳤다. 사과보다, 딸기보다 더 빨갛다. 눈은 흐리멍덩했고 반밖에 못 떴다. 안 예뻐. 이런 얼굴, 요시에게 보여주고 싶지 않아.

울고 싶은 마음을 꾹 눌러 참고 머리를 빗고 옅게 화장을 했다. 물론 벚꽃 향수를 뿌리는 것만큼은 잊지 않았다.

호텔에서 나설 무렵에는 약속 시간은 이미 지난 후였지만 그래도 요시에게로 서둘러 갔다. 역을 지나 호텔과는 반대 방향에 있는 상점가 아케이드로 들어갔다.

두 다리와 우산을 써서 앞으로, 앞으로 나아갔다. 당장에라도 쓰러질 것 같다. 혹시 강한 바람이 불어서 내 자세가 무너지기라도 하면 틀림없이 그대로 쓰러지고 말 것이다. 얼마나 더 가야 하지? 얼마나 더 걸어야 요시를 만날 수 있을까?

그때였다.

"유키."

목소리가 들렸다.

내 이름을 부른다.

하지만 그 목소리에선 평소 같은 온기가 느껴지지 않았다.

대신 걱정스러운 울림이 가득했다.

아아, 하지만. 그건 역시 너무 따뜻했다.

"뭐 해?"

그가 크게 외치면서 이쪽으로 다가왔다. 마음이 놓였는지 동시에 내 몸에서 힘이 쭉 빠져나가 쓰러질 뻔한 것을 요시가 받아서 안아주었다. 딱딱해서 아프다.

남자의 손이었다.

남자의 몸이었다.

"약속, 했으니까."

"약속?"

왜일까. 전혀 아프지 않을 요시가 더 울 것 같은 표정이었다.

"응. 약속. 어제, 했잖아. 내일, 또 보자고."

"그야 그렇지. 하지만 이런 상태로 올 것까지는 없었는데."

"하지만 내가 안 오면 걱정하잖아. 계속 기다릴 거잖아."

"그렇지는—."

「않아」하고 이어질 말을 막기 위해 그의 입술에 검지를 댔다.

"거짓말쟁이. 나 다 알아."

왜냐하면 넌 지금, 여기 있잖아.

날 걱정해서 찾으러 와줬잖아.

다 알아.

난 네가 얼마나 다정한 사람인지, 잘 알고 있어.

하지만 힘들어서 말이 나오지는 않았다.

목소리가 안 나온다.

의식이 점점 멀어진다.

"유키? 유키?"

나를 부르는 목소리도 멀다.

아아, 괜찮아. 조금 졸린 것뿐이니까. 잠깐만 쉬면 기운이 날 거야.

하지만 그런 너라서 나는—.

그리고 의식이 툭 끊어졌다.

그래서 마지막 순간 내가 무슨 생각을 했는지, 무슨 말을 하려 했는지, 나를 비롯해 아는 사람은 아무도 없었다.

❄

오래 전에 딱 한 번, 별을 보러 간 적이 있다.

그건 대체 어디였을까.

그리고 언제였을까.

"자, 유키. 보이니?"

차에서 내린 내게 아빠는 그렇게 말했다.

바로 수 십 분 전에 갑자기 「다들 차에 타~」 하는 활기찬 말에, 목적지도 모르고 끌려온 나는 아마 꽤 쭈뼛거리고 있었을 것이다.

그리고 조금 토라져 있기도 했다.

"몰라, 안 보여."

"여보, 차 라이트를 꺼야지."

"아, 그렇구나. 잠깐만, 영차. 자, 이제 어떠니."

아빠가 차의 라이트를 끄자 갑자기 세상이 깜깜해졌다.

빛은 없고 소음은 멀어진, 새로운 지구의 가장자리.

내 눈동자는 아직 작은 빛 알갱이조차 못 잡고 있었다.

"역시 모르겠어."

"눈이 익숙해질 때까지 조금 시간이 걸리려나. 좋아, 그럼 이건 어떠냐."

"꺄~."

그렇게 아빠는 내 눈을 손으로 가렸다. 크고 힘세고 딱딱하고, 무엇보다 따뜻한. 무엇인지 깨달았을 때는 차분해져 있었다. 바람 소리가 들렸다. 싱그러운 풀이 흔들리는 걸 알 수 있었다. 너무나 기분이 좋아서 공기를 가득 마시고 싶어졌다.

"저기~ 있잖아~, 언니랑 아빠, 뭐 해? 숨바꼭질?"

"그래. 우미도 같이 할까?"

"응~."

"그럼 우미는 엄마랑 할까. 이리 오렴."

"네에."

동생의 천진난만한 목소리와 엄마의 따뜻한 목소리. 그건 괜히 고집부리는 것도 아니고, 그렇다고 아주 안 들리는 것도 아니면서 바람 소리에 잘 동화되어 있었다.

"음, 아빠. 아직이야?"

"아직이냐니, 눈 감은지 얼마나 됐다고. 유키는 참 성격도 급해. 대체 누굴 닮은 건지."

"어머, 난 아닌데."

"그럼 날 닮았나."

"잘 아네."

까르륵 웃는 엄마의 목소리는 내 친구처럼 가볍고―.

"다~ 됐~어?"

분위기 파악 못한 우미의 목소리에 아빠랑 엄마는 동시에 웃음을 터뜨리고 말했다.

""아~직.""

"네에."

"아무래도 우미도 날 닮은 모양이네."

"멋지네. 내가 사랑한 것이 확실하게 미래로 이어진 거니까."

"그럼 내가 사랑한 것은 어떻게 된 거야."

"어머, 이 아이들이 확실하게 이어 받았잖아."

"예를 들면?"

"미모라든가."

"흠. 그건 인정해."

"저기, 여보."

엄마가 일부러 크게 한숨을 쉬었다.

"왜?"

"그런 말은 조금 쑥스러워하면서 해야지."

"사실인데도?"

"원래 그런 거야."

이렇게, 조용히 있던 두 소녀는 다시 분위기 파악을 못 하고 크게 외쳤다.

""다 됐어?""

우미는 어떤지 모르겠지만 내가 큰 소리를 낸 건, 더 이상 두 사람의 대화를 들어줄 수 없었기 때문이다.

아까부터 계속 머릿속과 목 안이 이상하게 근질거렸다.

어린 두 목소리에, 어른의 두 목소리가 정해진 답을 했다.

""다 됐다.""

아빠가 손을 휙 떼는 순간, 눈동자가 빛을 되찾았다.

다음 순간, 시야 가득 펼쳐진 건 빛의 바다. 아니, 대체 어떻게? 조금 전까지는 새까만 공간뿐이었는데…….

옆을 보자 우미가 엄마 무릎 위에 얌전히 앉아서 꺄르륵 꺄르륵 웃고 있었다.

"우미? 찾았니?"

"네."

"그럼 어디 한번 말해봐."

"별님. 찾았다."

우미 말대로였다.

우리 눈에는 몇 천, 몇 만 개의 별빛이 있었다. 지금이라면 별에 손이 닿을 것 같기도 했다. 발돋움을 해보았다. 손을 뻗는다. 물론, 닿지는 않았다. 그래도 어째서인지 손끝에는 별빛이 머무르는 것 같은 느낌이었다.

옆에 서 있던 아빠가 하늘을 가리켰다.

"이왕 봄의 별자리를 보게 됐으니 북두칠성을 찾아볼까. 유키는 북두칠성을 알고 있니?"

"이름은."

얼마 전에 읽은 책에서 봤다.

"그래. 그렇구나."

아빠는 웅크리고 앉아서 나와 눈높이를 맞추었다.

"저 높은 북쪽 하늘에 국자 모양으로 별을 이어보렴. 그게 북두칠성이란다."

"어떤 것?"

"저기 밝게 빛나는 별이 네 개 보이지? 그 오른쪽 아래의 별부터 선을 이어와."

시키는 대로 빛을 이었다.

눈 안에 있는 새까만 캔버스에, 노란색 빛의 선으로 별자리의 모양을 만들어갔다.

"저거랑, 저거랑 저걸 이렇게 하는 거야?"

나는 손가락으로 빛의 선을 따라 그렸다.

"그래. 그 커브를 더 쭉 늘려보렴. 그 끝에 오렌지색 별이 있지? 그게 아르크투르스야. 곰을 지키는 자, 라는 뜻이란다. 목동자리의 알파별이지. 그보다 더 멀리 있는 새하얀 건 진주성. 처녀자리의 스피카. 여기까지를 전부 이어서 봄의 대곡선이라고 하지."

아빠는 그 후로도 별의 이름을 알려주었다. 스피카, 아르크투르스와 데네볼라를 이은 봄의 대삼각이라든가, 거기 코르카롤리를 더한 봄의 다이아몬드라든가.

솔직히 말해 중간부터는 어떤 게 어떤 별인지 헷갈리기 시작했지만 아빠가 즐거워 보였기 때문에 묵묵히 듣고 있었다. 무엇보다 그런 지식이 없어도 반짝반짝 빛나는 것을 보는 건 좋아했다. 일단은 여자 아이니까.

"유키는 어떤 별이 마음에 드니?"

질문을 받고 잠시 생각했다. 작은 건 귀엽고 큰 건 화려하고⋯⋯. 색도 하얗고 노랗고 다양하다. 그래서 문득 올려다 본 하늘에서 처음 찾은 별 이름을 말했다.

오렌지색 광채가 그곳에 있었다.

"아르크투르스. 응. 아르크투르스가 좋아."

이름을 말하자 그건 내 안에 있던 무명의 공백에 쏙 들어갔다.

그렇구나. 무언가를 좋아하게 되는 순간이라는 건 의외로 이렇게 평범할 때 찾아오는 것일지도 모른다.

"그렇구나."

아빠가 내 머리를 쓰다듬었다. 그 남자답게 엉성한 손놀림은 머리를 엉망으로 헝클어놓기 때문에 평소에는 딱히 좋아하지 않았지만, 지금은 좀 기분 좋았다.

"그럼 오늘은 아르크투르스에 대해 알아보고 돌아갈까. 아르크투르스는 아까 말한 대로 곰을 지키는 사람이라는 의미가 있는 말인데, 하와이에서는 호쿨레아라고 부른단다."

"호쿨레아."

기억에 단단히 새기듯이 아빠의 목소리를 따라했다.

"그래. 호쿨레아의 뜻은 『기쁨의 별』. 만약 기쁜 일이 생기면 하늘을 올려다보고 이 별을 찾아봐. 틀림없이 네 기쁨이 별까지 닿을 거야."

❋

눈을 뜨자 오래 전에 올려다보았던 오렌지 색 빛이 있었다.

나도 모르게 별의 이름을 중얼거리자 침대 옆에 앉아있던 소년이 고개를 갸웃거렸다. 요시였다. 잘 보니 그곳에 있는 건 별이 가득 빛나는 밤하늘이 아니라, 이미 눈에 익은 호텔 천장이었다. 그 빛은 별의 그것에 비하면 아주 여렸으며 무엇보다 크고 가까웠다.

"어? 왜 요시가 여기 있어?"

아빠가 없다. 엄마가 없다. 우미의 모습도 보이지 않는다.

그게 지금 내가 있는 현실이었다.

"기억 안 나? 유키가 열이 많이 나는데도 무리해서 약속 장소에 왔다가 쓰러졌잖아."

그러고 보니 그런 일이 있었던 것 같기도 하고 아닌 것 같기도 하고……

어렴풋이 기억은 하고 있지만 지금 내 머리에는 다른 것들로 가득했다. 조금 전까지 곁에 있던 것. 가족의 웃음소리. 별들의 반짝임. 아빠의 손 힘과 바람에 흔들리는 엄마의 긴 머리카락. 그런 것들 하나하나가 내 마음을 사로잡고 떠나질 않았다.

"아무래도 기억이 안 나는 모양이네."

"요시가 날 데려와 준 거야?"

"어? 아아, 응. 엄청 힘들었어. 호텔 사람에게 사정도 설명하고…… 그리고 말야. 노파심에 말해두겠는데 옷은 호텔 사람이 갈아입혀 준 거야. 내가 한 거 아냐."

어느 틈엔가 옷이 바뀌어 있었다. 속옷도 다르고 기분도 좀 상쾌했다.

"후훗. 그래, 그렇구나. 쑥스러워?"

몸을 일으키려 하자 요시가 막았다. 이마에 놓인 그의 손은 열 때문인지 평소보다 조금 차갑게 느껴졌다.

얼굴을 옆으로 돌리자 머리맡에는 사온 지 얼마 안 된 별자리 도감이 놓여있었다.

틀림없이 이런 꿈을 꾼 건 이 도감 때문일 것이다. 도감 표면은 반들반들하고 차갑고 기분 좋았다.

이불을 입 부근까지 쑥 끌어 올린 나는 열에 들뜬 목소리로 잠깐 얘기했다.

"나, 꿈을 꿨어. 어릴 적 꿈. 가족끼리 별을 보러 갔을 때."

"별?"

"응. 봄, 이었던 것 같아. 아빠가 아주 상세하게 이것저것 알려주셨지. 근데 난 그, 어려서 뭐가 뭔지 잘 몰라서, 열심히 배웠는데도 하나도 기억을 못했어."

더 제대로 들어두면 좋았을 텐데, 하는 생각이 이제야 들었다.

많은 걸 듣고 많은 걸 얘기하고……. 아빠, 엄마의 낯간지러운 대화는 역시 좀 쑥스러운 것 같기도 했지만, 그렇다고 싫었던 건 절대 아니다.

"다~ 됐~어?"

"갑자기 뭐야."

"그렇게 말하면서 동생이랑 별을 찾았어. 다 됐어? 아직. 다 됐어? 아직, 하고. 그랬더니 눈 안 가득 별이 펼쳐져서 너무 아름다웠지. 정말 너무 아름다워서……."

어째서인지 눈물이 한 방울 또르륵 흘렀다.

목소리가 떨렸다.

가슴이 답답했다.

너무 아프다.

정신을 차려보니 천장을 향해 손을 뻗고 있었다. 오렌지색 형광
등. 별빛이 아닌 인공적인 것. 아르크투르스. 호쿨레아. 기쁨의 별.
아니다. 저건 아니다. 이미 내 손에는 없는 것이다. 그 나날도. 과거
도. 가족의 목소리도, 온기도, 전부, 죄다 잃어버렸다.

그런데―.

텅 빈 내 손안에는 다른 무언가가 채워져 있었다.

부드럽고, 하지만 조금 딱딱하고, 따뜻하고 큰…….

그건 요시의 손이었다.

갑자기 코가 시큰해졌다.

그리고 요시는 다른 쪽 손으로 내 눈을 닦아주었다. 의외로 이런
것을 하는 그의 동작은 서툴렀다. 그 서투름이 약간이지만 아빠와
비슷했다.

탁한 목소리로 말했다.

"별, 보러 가고 싶다."

"어?"

"데려가 줘."

"……그래. 숨겨진 명당이 있어. 동네 사람들도 잘 모르는 곳. 감
기 나으면 데려가 줄게."

"요시. 고마워."

많은 뜻을 담은 감사의 말을, 그는 알아차렸을까.

─같이 있어줘서 고마워.

그리고 나는 다시 눈을 감았다.

눈 안, 깊은 곳에 소년의 웃음이 새겨져 있다.

외로움과 아픔이 아주 조금이나마 누그러진 것 같아서, 어느새 힘들었던 호흡도 자연스러워졌다.

비가 종일 내린 하루를 잠으로 보내고, 해가 완전히 그 얼굴을 내밀었을 즈음에는 그건 뭐였을까 싶을 정도로 열이 완전히 내렸다.

우리에게는 시간이 얼마 없었기 때문에 안심했다.

만약 하루라도 늦었다면 틀림없이 요시와 별을 보러 가지 못했을 것이다.

해가 완전히 저문 후, 우리는 요시의 집 근처 버스 정류장에서 만났다. 아무래도 목적지인 명당이란 곳은 산을 약간 올라간 곳에 있는 모양이었다.

요시가 벌레를 조심해야 한다고 단단히 일러두었기 때문에 피부는 거의 노출시키지 않았다. 그리고 활동성 좋은 차림. 뭐, 요시는 피부를 많이 드러내면 쑥스러워하기 때문에 이 정도가 딱 좋을지도 모르지만. 그는 의외로 무뚝뚝한 호색한이다.

역의 자전거 대여점에서 빌린 자전거로 요시와 합류해서 밭 옆에 난 논두렁길을 달렸다.

바람이 휘잉휘잉, 하고 앞에서 불어왔다. 경치가 빠르게 지나간다. 페달을 밟자 평소보다 훨씬 빠른 스피드로 나아갔다.

전봇대가 10미터에 하나 정도의 간격으로 서서 밤이라는 공간에 드문드문 노란색 서클을 만들고 있었다. 조금씩 어둠에 익숙해진 눈이 검은 색에 뒤덮여 있던 여러 가지 것들의 윤곽을 되찾기 시작했다.

파릇파릇한 논을 따라 곧게 뻗은 잎이 바람을 받아 기분 좋게 흔들렸다.

시끄러운 개구리의 합창이 멀리서, 가까이서 울려 퍼졌다.

지~잉하고 울리는 자전거의 작고 하얀 불빛이 우리가 나아갈 길을 비추어주었다. 쭉 뻗은 남자의 등이 거기 있었다.

"요시."

이름을 불렀다.

왠지 간지럽고 기쁘다.

밤의 달콤한 공기 때문일까.

"왜~?"

"얼마나 남았어~?"

"자전거로 10분 정도~."

"그렇구나~."

개구리의 울음소리에 지지 않을 정도로 큰 목소리로 대화했다. 좌우 양쪽에 밭이 끝없이 펼쳐진 이 길에는 가로막는 것이 아무것도 없어서 나와 요시의 목소리만 널리 퍼지고 섞이며 녹아들어갔다.

"기분 좋다~."

"어~? 뭐? 안 들려."

"밤바람이 기분 좋아."

아까보다 훨씬 더 큰 목소리로 외쳤다.

산기슭에 자전거를 두고 5분 정도 제대로 포장된 오르막길을 걸었다. 도중에 성인 남성 한 명이 지나갈 정도의 길이 있어서 요시는 주저 없이 그곳에 들어섰다. 들어가기 전에 벌레 방지 스프레이를 뿌려서 나도 모르게 콜록거리고 말았다. 이 냄새, 싫어.

나아갈 때마다 어둠은 한층 깊어졌고 우리는 누가 먼저랄 것도 없이 손을 잡았다.

축축한 건 과연 누구 손일까.

내 일이니 알 것 같기도 했지만 머릿속이 새하얘져서 전혀 알 수 없었다.

10분 정도 초목을 헤치고 걸어가자 이윽고 트인 곳에 도달했다. 여기가 끝이라는 말을 굳이 해주지 않아도 알 수 있었다.

바람이 휘잉 불었다. 머리카락이 하늘에 떠서 흩어졌다. 그래도 손만은 놓지 않았다.

"유키. 눈 감아."

"어, 왜?"

"됐으니까 감아봐."

"하지만."

"괜찮아. 내가 안전하게 데려가 줄게."

다정한 목소리가 권하는대로 나는 눈을 감았다. 요시가 손에 약간 힘을 주었고 그가 이끄는 대로 앞으로 한 걸음 내딛었다. 정말

빛이라곤 전혀 없는 어둠이었다.

"다~ 됐~어?"

중얼거리는 목소리가 조금 떨리고 말았다.

요시는 작게 웃고는 정해진대로 대답해주었다.

"아~직~."

"다~ 됐~어~?"

"아~직~."

몇 번이고 몇 번이고 반복했다. 그 목소리를 길잡이 삼아 계속 걸었다. 푸른 풀을 밟자 사박사박 하는 소리와 그 감촉이 신발 너머로 느껴졌다.

긴 시간처럼 느껴졌지만 아마 10미터 정도밖에 안 걸었을 것이다.

이윽고 요시가 말했다.

"다 됐어. 자, 공주님. 눈을 뜨시지요."

"왜 그래, 갑자기. 공주님이라니."

나도 모르게 요시의 새빨개진 얼굴을 떠올렸다.

"그런 건 굳이 안 따지면 고맙겠는데."

옆에서 요시의 「타쿠마 자식, 얘기가 다르잖아」라고 중얼거리는 소리가 들렸다. 아무래도 친구에게 배워온 모양이다.

"일단, 이제 눈 떠도 되는 거지?"

"어, 아아, 응. 떠도 돼."

그리고 겨우 눈을 떴다.

"어?"

중얼거리는 소리가 빨려 들어가는 것처럼 느껴졌다.

그곳은 햇빛이 닿지 않는 장소였다. 상하좌우, 전부 깜깜했다. 그 안에서 노란색과 흰색, 오렌지색, 빨간색, 녹색 빛이 작고 강하게 빛을 발하고 있었다. 하늘에는 넘칠 것만 같은 천상의 별들이. 땅에는 많은 삶이 형태를 이룬 지상의 별들이…….

나는 요시와 함께 우주에 떠 있었다.

"아래위 양쪽 모두 별이 빛나고 있어."

"예쁘지? 내 비밀의 장소야."

"응. 굉장해. 이건 정말 굉장하다."

굉장해, 멋져, 하고 몇 번이나 감탄하면서 나도 모르게 달려나갈 뻔하자, 나와 손을 잡고 있던 요시가 균형을 잃고 당황하는 소리를 냈다.

"아, 미안. 괜찮아?"

"아니, 괜찮아. 좋아해주니 나도 기뻐. 자, 가자."

이번에는 어깨를 나란히 하고 걸음을 맞춰 빛 쪽으로 함께 다가갔다.

다행히 구름 하나 없는 맑은 날씨였다. 달이 워낙 커서, 별빛을 조금 가리고 있기는 했다. 해와는 비교할 수 없지만 밤의 왕은 늠름한 황금빛으로 밤하늘을 감색으로 물들이고 있었다. 그렇다, 검은색이 아니다. 달빛은 밤의 검은색을 푸르게 물들였다.

정신을 차려보니 우리 발치에 하나로 이어진 그림자가 달빛을 받아 생겨 있었다.

"이렇게나 아름다운 밤하늘은 태어나서 처음 봐."

"마음에 드셨습니까?"

"물론이지."

"다행이다."

"너무 예뻐. 너무너무. 아, 맞다. 저기, 요시. 별자리 찾아보자."

"유키는 그런 거 잘 알아?"

"전혀 몰라. 요시는?"

"나도 하나도 모르는데."

"그럼 똑같네. 요전에 별자리 도감을 샀거든. 이걸로 같이 찾아볼까?"

"좋아. 해보자."

준비성 좋게도 요시는 회중전등에 빨간 필름을 댔다. 이렇게 하면 눈이 안 부시다고 한다. 나침반과 도감을 둘이서 들여다보았다. 이마와 이마가 닿을 정도로 가까웠지만 그래도 밤공기 때문인지 전혀 쑥스럽지 않았다.

"일단은 여름의 대삼각형을 찾아보자. 거기서 별자리를 이어가면 돼."

우리는 머리 위를 동시에 올려다보았다. 긴 머리가 뺨을 간질였다.

일단 눈에 제일 먼저 들어온 푸르른 빛의 물방울은 거문고자리 알파성인 베가. 여름 하늘의 여왕님 같은 그 빛은 직녀성이다. 베가 옆에는 하얀 안개 같은 것이 길게 뻗어 있었는데 그건 틀림없이 은하수일 것이다. 그렇다면 반대편에 견우성인 독수리자리의 알타이르가 있을 텐데.

"아, 저건가."

"어, 어디?"

"봐, 저기 밝은 별."

요시가 부드러운 웃음과 함께 하늘을 가리켰다. 그가 말하는 별이 뭔지 알 것 같았지만 자신은 없었다. 몇 천, 몇 만 개의 빛이 그곳에 있었으니까.

"으음. 그런, 가. 그럼 나머지 데네브는 삼각형이 되도록 찾아서, 음. 아, 요시. 아마 저걸 거야. 저 별이 데네브 맞지? 봐, 여름의 대삼각형."

그리고 우리는 새 장난감을 받은 어린아이처럼 신이 나서 별과 별을 이었다. 빨간 심장을 가진 전갈자리. 천칭에 뱀. 물론 독수리자리와 거문고자리도. 맞는지 틀린지도 모르고, 착각한 채 전혀 다른 별을 잇고 있을지도 모른다.

그래도 즐거웠다.

응. 우리는 즐거웠다.

도감 페이지를 넘기자 별들의 이야기를 언급하면서 이것도 아니다 저것도 아니다 입씨름을 하다 둘 다 물러나지 않아서 싸울 뻔했지만 전혀 험악한 분위기는 아니었다. 얼마 후 누가 먼저랄 것도 없이 품 웃음을 터뜨렸고 그게 전염되어 세상에 둘만의 웃음소리가 울려 퍼졌다.

"좋아, 그럼 다음 페이지."

그렇게 펼친 책에서 무언가가 스륵 빠졌다.

마침 칠석에 대해 소개하는 페이지에 내가 끼워놓았던 것.

주워보니 그건 분홍색 종이였다. 아직 아무것도 쓰지 않은 빈 종이다. 아니. 내가 쓰지 못했던 소원 종이.

"15광년이래."

"어?"

"직녀와 견우의 거리. 여기 쓰여 있어."

『15광년』이라는 글자를 살짝 눈으로 따라갔다.

여기서 보면 두 개의 별 사이는 절대 멀어 보이지 않았다. 펼친 양 손 안에 폭 들어올 정도다. 그래도 두 별이 만나기 위해서는 빛의 속도로도 15년이나 걸린다. 마치 나와 요시 같다.

이렇게 가까이 있는데도, 손을 잡고 있는데도 감정은, 마음은 너무나 멀다.

"멀구나. 그러니까 두 사람은 소원을 비는 거겠지."

"무슨 말이야?"

"멀리 있으니까 비는 거야. 소중한 사람을 다시 만날 수 있기를 기원하면서."

그리고 요시는 소원을 두 개 말했다. 별을 올려다보며 쑥스러운 말을 하는 그가, 나는 싫지 않았다.

"그러게. 두 사람은 서로를 사랑했으니까. 열심히 소원을 빈다면, 사랑하는 사람이 그렇게 말해주면 기쁠 거야."

"유키도, 기뻐?"

"뭐가?"

"아니, 그. 딱히 내가 그렇다는 건 아니지만. 응. 일반적으로 말할 때 여자 아이는 어떨까 해서."

요시는 여전히 하늘을 올려다보고 있었다.

"······기쁠지도."

상상하고 살짝 히죽거렸다. 요시가 이쪽을 보지 않아서 다행이었다.

상상 속에서 그 앞에 있는 사람이 누구였는지는 절대 비밀이다.

쑥스러움을 감추기 위해 요시처럼 은하수를 올려다봤다.

그 강에 걸린 오작교를 상상해 보았다. 그 정체는 틀림없이 요시가 말한 두 사람의 마음이겠지. 하잘 것 없는 마음이지만 서로가 같은 정도로 똑같이 빈다면 그건 몇 번이고 몇 번이고 멀리 있는 두 사람을 재회하게 만드는 희망으로 변한다.

나는 내가 써야 할 소원을 거기 겹쳤다.

"요시, 펜 있어?"

"있어. 여기."

그의 주머니에서 나온 유성펜으로 지워지지 않도록 소원을 자아냈다. 그가 몇 번이나 들여다보려 했지만 나는 몸을 웅크려서 감췄다.

"보지 마."

"안 돼?"

"안 돼."

"알았어."

소원 종이 대신 시계를 본 요시가 등을 쭉 폈다.

"그거 다 쓰면 슬슬 집에 가자. 시간이 늦었어."

"그래."

내가 소원 종이를 주머니에 넣는 걸 확인한 후 요시가 걷기 시작했다. 나는 그의 등을 쫓아가다 문득 발을 멈추고 마지막으로 한 번 더 하늘을 올려다보았다. 그리고 그 별을 찾았다.

기울기 시작한 별들 가운데서 한층 더 밝게 빛나는 오렌지색 별. 과거 폴리네시아 사람들은 이 별을 지침 삼아 어딘가로 떠났을까. 기쁨인가, 혹은 행복인가.

그런 소원을 담을 수 있는 별의 이름은—.

"호쿨레아."

요시에게 들리지 않을 정도의 작은 목소리로 중얼거렸다.

내 기쁨이 아직 아득하게 먼 밤하늘에서 반짝거리고 있었다.

7월 7일.

그날 이번 주의 요시와 둘이서 칠석 소원 종이를 구경한 다음, 호텔로 돌아오기 전에 혼자 다시 한 번 상점가 안으로 갔다.

초록색 대나무에 색색깔의 많은 소원들이 매달려있었다.

오렌지색 조명이 그 하나하나를 비추어 반짝반짝 반투명하게 만들었다. 순진한 소원도, 타산적인 희망도, 용기를 내기 위한 기도도, 모든 것이 평등하게 예뻤다.

그것들 역시 별빛과 비슷했다.

아래쪽에 매달려 있던 노란색 종이를 살짝 만져보았다.

"여자친구를 만들고 싶어요."

그렇게 적혀 있었다. 이게 요시가 쓴 거였다면 좋았을 텐데. 그는 소극적인 성격인 건지, 그런 쪽에 관심이 없는 건지 잘 모르겠다.

참고로 요시의 소원은 재미라고는 없는 『성적 향상』이었다. 너무 재미없으니 다음에는 딱 붙어서 공부를 봐주자. 그게 좋겠어.

물론 내 소원은 요시에겐 아직도 비밀이다. 아무도 보지 못하도록 조심하면서 하늘에 가장 가까운 곳에 매달았다.

보더라도 아마 지금의 그는 무슨 의미인지 모르겠지만…….

왜냐면 이미 며칠 전에 나와 함께 별을 봤던 사실은 이 세상 어디에도 존재하지 않기 때문이다. 틀림없이 그 대화도, 요시가 했던 대답도 전부 없던 일이 되었을 것이다.

갑자기 조릿대 잎이 쏴아 하고 흔들렸다.

한바탕 바람이 불고 지나갔다.

"우와, 바람 세다."

누군가가 말하자 다들 조금씩 술렁거렸다.

바람의 행방을 따라가듯 하늘을 올려다보자 소원 하나가 살랑살랑 하늘을 춤추고 있는 게 보였다. 그것은 분홍색이라 벚꽃과도 비슷해서 나도 모르게 손을 뻗었고 그 안에 쏙 들어왔다. 앞을 봤다. 뒤를 봤다. 앞을 봤다. 어느 쪽이 앞이고 어느 쪽이 뒤인지는 알 수 없었다.

거긴 아무것도 쓰여 있지 않았으니까.

정말 처음부터 아무것도 쓰여 있지 않았던 걸까.

혹은 그제 시점에서 사라져버린 걸까…….

알 수도 없고 확인할 길도 없었다.

그래도 나는 그 분홍색 소원 종이를 살짝 쓰다듬었다.

아무것도 적히지 않은 그것에 나는 한 번 더 소원을 빌기로 했다.

그날 요시가 말했던 두 개의 소원을…….

얼버무렸지만 열 때문에 몽롱한 상태에서도 요시가 호텔까지 데려가 주었을 때의 기억은 희미하게 남아있었다. 요시의 얼굴을 보고 안도했다. 그가 내게 뛰어와준 것이 기뻤다. 이름을 불러준 것만으로도 기뻤다. 이름을 불린 것만으로도 마음이 놓였다.

그래서 그날 밤—.

나는 별을 잇고 소원을 자아냈다.

"날 만나러 와줘. 이름을 불러줘."

그건 두 사람이 몇 번이나 만나기 위해 필요한 마음이다.

직녀가 견우에게 빌 듯이—.

견우가 직녀에게 기도하듯이—.

언젠가 요시가 날 위해 그렇게 해주면 좋겠어, 라고 절실하게 바랐다.

아무것도 안 적힌 벚꽃과도 비슷한 소원 종이를 조심스럽게 주머니에 넣었다.

한 표의 행방

Contact. 193

"하~루. 좀 도와줘."

평소보다 약간 시끄러운 방과 후.

다들 바쁜 듯이, 그리고 만연한 공기에 어딘가 취한 듯이 뛰어다니는 복도. 나 또한 그런 분위기에 취해 약간 들뜬 걸음걸이로 걷던 그때―.

발을 멈추고 소리가 난 방향으로 돌아보자 약간 떨어진 곳에 친구의 얼굴이 보였다.

"아아, 타쿠마. 수고했어."

"예압~."

어제보다 겨울 기운이 짙어진 가을바람이 창문으로 들어와 타쿠마의 앞머리를 살짝 흔들었다. 그게 또 이상하게 멋있어서 실제로 여자 아이들 몇 명이 옆을 지나가는 타쿠마를 뜨거운 시선으로 쳐다보았다. 뜨거운 열기를 지닌 그 시선을 느낀 건지, 못 느낀 건지.

하지만 타쿠마는 그녀들에게 눈길조차 주지 않고 똑바로 이쪽을 향해 걸어왔다.

"도와달라니 뭘? 그 인쇄물을 어디론가 나르면 되는 거야?"

다가온 타쿠마의 양손에는 웬 인쇄물이 잔뜩 들려 있어서 일단 그렇게 물어보았다.

"응. 뭐, 그런, 가?"

"왜 의문형이야?"

"신경 쓰지 마."

"아니, 갑자기 불길한 예감이 드는데."

"에이, 아냐."

"역시 안 되겠어."

"섭섭한 소리 하지 마. 어차피 하루는 이러니저러니 해도 도와줄 거니까, 여기서 괜히 실랑이 할 필요 없잖아? 시간 낭비지, 암. 그냥 포기해."

내 성격을 잘 이해하는 친구의 목소리는 묘한 자신감으로 가득했다.

타쿠마는 고등학교 마지막 문화제를 성공시키기 위해 실행 위원을 자진해서 맡고는, 수험생임에도 최근 한 달 내내 분주하게 돌아다니고 있었다. 그의 의욕도, 노력도, 그리고 성공 시키고 싶다는 마음도 나는 바로 옆에서 쭉 지켜봐왔다.

내 안의 양팔 저울이 흔들거리는 게 느껴진다. 그리고 그 결과는 두고 볼 필요도 없었다. 눈앞의 친구가 이미 그 답을 말해버렸기 때문이다.

미력하지만 반항으로 한숨을 쉬고 손을 내밀었다.

"응."

"역시. 땡큐."

타쿠마에게서 인쇄물의 반을 넘겨받았다. 갑자기 제법 큰 중량이 팔에 실려서 하마터면 떨어뜨릴 뻔했다.

"어이쿠."

"조심해. 그거 다른 사람이 보면 곤란한 물건이야."

"그래? 근데 어디로 가져가는 건데? 교무실?"

"아니, 신문부."

"혹시 이거."

타쿠마의 표정을 살피자 그가 히죽 웃었다. 불길한 예감은 확신으로 변해갔다.

동시에 이기적인 나는 머릿속으로 주판을 튕겼다. 주로 내신이 걸린 이것저것에 대해. 3학년 2학기. 지금 내신에 문제가 생기면 더 이상 만회할 수 없다.

저울이 단숨에 기울었다.

물론 지금까지 기울어 있던 방향과는 반대 방향으로……

"돌아갈래."

"잠깐만, 어디로 돌아간다는 소리지?"

"어디긴, 당연히 우리 반이지. 전시 준비도 도와줘야 되고."

"신경 쓰지 마. 그런 건 이미 면제니까. 반 애들에게 전부 말해놨어."

"응? 무슨 소리야?"

"그러니까 넌 이미 학급 전시 준비는 도울 필요가 없다는 소리지. 그 대신 다른 일을 해줘야겠어."

"뭐?"

"이해가 안 돼? 하루, 넌 이제 갈 곳이 없다는 소리야."

아무래도 내가 전혀 모르는 곳에서 이미 은밀한 거래가 성립된 모양이다. 그래서 내가 할 수 있는 건 내 불운을 한탄하는 것뿐이었다.

"제길, 이 배신자 놈들."

크큭큭 즐겁게 동아리 회관 쪽으로 걸어가는 타쿠마의 등을 노려보면서도 한심하게 그 뒤를 얌전히 따라갔다. 1층에서 2층으로. 어두컴컴한 계단은 마치 잔잔한 수면처럼 고요했다. 그곳에 떨어진 물방울처럼 두 사람의 슬리퍼 소리가 파문을 일으키고 퍼졌다가 사라졌다.

이윽고 4층에 도착한 타쿠마는 창밖에서 울려 퍼지는 소란에 눈을 가늘게 뜨고는 이렇게 말했다.

"넌 오늘부터 신문부에서 주최하는 미스 콘테스트 운영진을 맡아줘."

예상한 말이었다.

고등학교 3학년, 마지막 문화제.

이렇게 내 수난의 날이 시작되었다.

"흐음. 미스 콘테스트라. 재미있겠네."

옆에서 걷던 유키가 페트병 속 아이스티로 목을 축이면서 중얼거렸다. 벌써 가을인데도, 유키[#1]라는 이름인데도 그녀의 옆을 걷다보면 벚꽃 향기가 풍겼다.

머리 위로 펼쳐진 깨끗한 가을 하늘은 오렌지색이 선명해서 어쩐지 쓸쓸한 느낌이었다. 점점 밤 시간이 길어지기 때문일까. 혹은 이제 곧 유키와 걷는 시간이 끝나버리기 때문일까.

이미 익숙한 학교에서의 귀갓길이 하루 중에서 가장 즐거워진 건

#1 유키 일본어에서 『눈(雪)』을 유키라고 발음한다.

며칠 전부터였다.

고작 그 정도의 시간을 공유했을 뿐인데도 어느새 내 안에서 유키의 존재는 그렇게까지 커져 있었다.

"하나도 재미없어, 라고 말하고 싶지만 1, 2학년 때는 꽤 재미있었으니까 그렇게는 말 못 하겠네. 하지만 내가 당사자가 되는 건 귀찮아서."

"흐음. 그래, 그렇구나. 요시는 여자에게 순위를 매기면서 즐길 수 있는 성격이구나."

"그 말투! 그리고 말야, 이 미스 콘테스트. 일단은 추천인에 제한은 없는데 바로 기권할 수 있어. 그러니까 그런 게 정말 싫은 사람은 안 나올 수 있는 시스템이란 말이야."

"후훗. 그렇게 당황해서 변명할 필요는 없는데."

"당황하지 않았고, 변명도 안 했어."

"했는데 뭘."

키득키득 웃는 유키의 얼굴을 보자 그제야 날 놀린 거라는 사실을 깨달았다. 애당초 유키 본인이 처음에 재미있다고 했는데.

"유키는 진짜 짓궂네."

"그런가?"

"그래."

"요시도 만만치 않은 것 같은데."

유키는 아직도 키득키득 웃고 있었다. 날 놀렸는데, 짓궂다는 말도 했는데 전혀 기분 나쁘지 않은 이유는 뭘까.

틀림없이 유키의 목소리가 방울소리처럼 기분 좋기 때문일 것이다.

유키는 어린아이처럼 다리를 내던지듯이 걸었다. 그 몸으로 빛을 가르듯이 걷는 유키의 발밑에는 작은 밤이 소녀의 모양으로 펼쳐져 있었다. 유키만 따라하는 그림자는 얼굴이 새까매서 표정을 알 수 없었지만 그래도 어째서인지 즐거워 보였다.

"그나저나 고등학교에서 미스 콘테스트라니 특이하네. 그런 건 보통 대학에서나 하는 거잖아."

"아아, 그게 다 이유가 있지."

"이유?"

유키가 몸을 숙이고 날 아래에서부터 올려다봤다. 머리가 살랑 흔들린다. 내 안의 모든 것이 흔들린다. 아아, 얼굴이 뜨겁다. 이미 여름은 다 갔는데…….

요시? 하고 유키가 나를 불렀다.

그래서 황급히 얘기를 진행했다.

왜 내가 다니는 고등학교에서 미스 콘테스트가 열리게 되었는지.

그 경위에 대해 이것저것.

때는 내가 태어나기 훨씬 전.

30년 전까지 거슬러 올라간다.

유키 말대로 대학에서나 종종 열리는 미스 콘테스트. 하지만 우리가 다니는 고등학교에서 그게 열리게 된 것에는 선배들의 열화와 같은 마음이 담겨있다고 한다.

참고로 내가 왜 이런 것을 알고 있는가 하면 마침 우리 아버지가 그 시작하는 자리에 있어서, 당시의 일에 관해 술에 취했다 하면 귀에 못이 박히도록 말해주셨기 때문이다.

위생 문제 때문에 음식물 포장마차는 탈락.

학교 행사에 어울리지 않는다는 이유로 유령의 집과 미로도 금지.

전시는 마을 역사와 위인에 대해 정리한 것들.

무대 연극은 손톱만큼의 장난도 용납되지 않는다.

30년 전, 부모님 시대의 문화제는 그런 식이었다고 한다.

그런 회색 추억밖에 없는 문화제를 개탄한 것은 후일 역사에 절대 언급될 일 없을 13명의 용사들. 어지간히 낡은 체육창고 뒤에 모인 그들은 주먹을 불끈 쥐고 소리 높여 외쳤다.

"제군들, 우리 문화제가, 고등학교의 마지막 추억이 이렇게 시시해도 된단 말인가."

한 사람의 목소리를 시작으로 저마다 쌓아두었던 불만을 잇달아 폭발시켰다.

"……안 돼."

"그건 안 된다. 이런 건, 이런 건 탄압이다아아아."

"뭐든 상관없어. 떠들고 싶다아."

"그래. 이런 걸로 될 리 없지. 근데 어떡하냐. 선생님들에겐 비장의 카드가 있는데."

"내신 점수?"

"너무 요란하게 움직이면 끝장이야. 한 번이라도 실수하면 우리에겐 만회할 시간이 없어."

"제기랄. 우리는 왜 이렇게 힘이 없는 거야."

그들은 절대 진심으로 뭔가 할 생각은 없었을 것이다. 상황극의 연장선이었다. 매일 쌓여가는 스트레스를 날리거나, 혹은 약간의 비일상에 발을 담그는 것이면 족했을 것이다. 조금 떠들고 또 평소의 일상으로 돌아간다.

이건 그 중 단 한 명—.

진지하게 야망을 품은 남자가 있었다는, 고작 그 정도의 일이었다.

"나한테 생각이 있어."

슬쩍 손을 든 것은 신문부 부장이었다. 책임감이 강하고 바른 남자였다. 그런 사람이 왜 이 자리에 있는지는 아무도 알지 못했다. 그 사람 아닌 다른 열두 명이 동시에 얼굴을 마주했지만 전부 고개만 가로저었다.

네가 불렀어? 아니, 난 몰라. 너 아니지? 아닌데? 아, 그럼 누구야?

다들 말로 하진 않았지만 당혹감은 끝없이 퍼져나갔다.

그러던 중에 분위기 파악을 못한 사람이 물었다.

"호오, 말해봐."

아아, 이야기, 계속되는구나. 게다가 그 분위기로…….

다른 열한 명은 그런 생각을 했지만 입 밖으로는 내지 않았다.

"응. 너희도 물론 알지? 우리 신문부가 문화제 때 발간하는 특별호의 존재를."

"아아, 더럽게 재미없는 그거?"

"읽어본 적 있어? 대단한데? 난 그 글자밖에 없는 레이아웃에 바로 잠들어버리는데."

동지들의 비난에 어깨를 축 늘어뜨릴 뻔했던 남자는, 바로 다시 가슴을 당당하게 폈다. 지금은 그런 것을 신경 쓸 때가 아니다.

"크흠. 그래서 말야. 그 특별호에서 미스 콘테스트를 해볼까 하는데 어때?"

"미스 콘테스트."

"즉 우리 고등학교 정예들을 두고 하는 미소녀 콘테스트지. 본인 추천, 타인 추천 가리지 않고 후보자를 모으는 거야. 문화제 사흘 전에 집계를 마치고, 학생들에게만 배포되는 특별호를 작성. 거기서 결과를 발표하는 거지. 하지만 후보자 모집과 투표용지 배포, 그리고 비밀 특별호 취급 등 비밀리에 진행해야 발행할 수 있을 거야. 어때. 협력해줄 수 있어?"

다행인가 불행인가.

혹은 역사의 필연이라고 해야 할까.

여기 모였던 열세 명은 그걸 가능하게 만들고야 마는 인재들이었다. 전 학생회장이 있었다. 전 축구부, 전 야구부, 전 농구부, 전 테니스부, 각각의 부장이 있었다. 문화계 동아리 회장. 발 넓은 분위기 메이커에 전교 1등 수재. 후배에게 친한 척 잘하는 녀석. 바람둥이. 잔머리 잘 돌아가는 책략가. 소박한 일을 착착 해내는 인재들.

그들에게는 의욕만 있으면 됐다.

그 불을 지피기만 하면 나머지는—.

"해볼까?"

누구에게서 나온 말인지는 모른다.

그곳에 있던 열두 명이 동시에 같은 말을 가슴에 품고 있었으니까.

오오, 해보자. 재미있겠네. 그런 말들이, 열기가 퍼져나갔다. 하지만 가장 큰 이유는 아무도 말하지 않았다.

왜냐면 이거, 들킨다 해도 신문부 책임으로 돌릴 수 있잖아.

이 순간 그들이 상상도 하지 못할 만큼 오래 지속되게 될 미스콘테스트는, 그 첫 걸음을 확실하게 내딛었다.

아버지에게 전해들은 에피소드에 과장된 손짓발짓을 섞어가면서 말하자 유키는 재미있다는 듯 웃었다. 아무래도 마음에 든 모양이다.

"좋네. 왠지 청춘이라는 느낌이라고 할까."

"그렇게 기특한 일은 아니라고 생각하지만, 아빠와 친구들에겐 그랬겠지. 지금도 뿌듯하게 얘기하시니까."

"근데 요시는 그런 거 잘 못 하잖아. 대체 왜 돕는 거야?"

"난 팔렸어. 아카네라는 친구가 나한테 심술부리려고 그런 걸 거야."

비장하게 말하자 유키는 상상했던 대로 그 커다란 눈을 끔뻑거렸다. 그래서 그대로 설명을 이어갔다. 유키 얼굴에 드러난 의문의 의미를 착각한 채……

"린도 아카네라고, 우리 학교에서 가장 유명할 거야. 수영부인데 노력가 스타일이라 전국 대회도 나간 적 있어."

"여자애?"

"응, 그렇지."

"아아, 그렇구나."

갑자기 유키의 눈이 스윽 가늘어졌다.

"그래서?"

어, 뭐지. 갑자기 분위기가 확 바뀌었는데. 빙그레 웃고 있는 건 여전하지만 전혀 즐거워 보이지 않는다. 눈이 안 웃고 있잖아.

왠지 무섭다. 물어보는 유키 뒤로 아수라상이 보이는 건 기분 탓일까.

"으, 응. 지금 학생 중에 타케하라 미즈키라는 애가 있는데."

"걔도 여자애야?"

"그, 그렇지."

"알았어. 하고 싶은 말이 달리 있긴 하지만 일단 들어보자. 계속해봐."

눈을 세게 문질러보았지만 아수라의 모습은 전혀 사라지지 않았다. 오히려 커진 기분마저 들었다. 침을 삼키자 꿀꺽 하는 이상한 소리가 났다.

"아, 음, 그래서. 응. 그 타케하라라는 아이가 우리 학교 아이돌 같은 존재거든. 우리가 입학한 후로 2년 연속 미스 콘테스트에서 1 등을 했어. 그것도 대항마가 될 만한 아카네가 계속 미스 콘테스트를 기권해서 그런 거긴 한데. 근데 그 아카네가 올해는 자기 조

71

건을 받아들여주면 참가하겠다고 했다는 거야."

타쿠마와 같이 찾아간 신문부 부실.

내가 모르는 곳에서 모든 것이 마음대로 시작되었다. 처음 들어간 신문부 부실에는 이미 내 자리가 확보되어 있었고, 처음 보는 후배들은 신입 부원을 맞이하듯이 따뜻한 표정으로 대해주었다. 엄지손가락을 척 세우는 녀석이 있었다. 깜빡 깜빡 크게 윙크를 하는 사람도 있었다. 아직 동아리를 은퇴하지 않은 동급생이 싱긋 웃었다.

「뭐야, 이게. 어떻게 된 거야」라고 타쿠마에게 눈빛으로 묻자, 「사실은」 하고 타쿠마가 말을 시작했다. 아카네가 이번 미스 콘테스트에 나갈 수도 있다는 말을 했어. 어떤 조건을 받아들여준다면······.

"그 조건이라는 게 내가 미스 콘테스트 운영을 거들어주는 거지."

그랬다고 한다. 문화제 실행위원장인 타쿠마가 필사적이 되고 온학급이 나를 팔아넘길 만하다. 아무튼 고작 그것만으로 3년 동안 아무도 보지 못했던 아카네와 타케하라의 대결을 볼 수 있을 테니까.

미스 콘테스트는 틀림없이 요 몇 년 중에 가장 성황을 이룰 것이다.

이윽고 묵묵히 이야기를 듣고 있던 유키가 입을 열었다.

"왜 아카네가 그런 말을 한 걸까."

"그야, 잘은 모르겠지만. 무슨 복수 아니냐고 타쿠마가 그러던데."

"요시, 여자 아이한테 무슨 짓을 한 거야."

아직 가시가 다 빠지지 않은 유키의 말에 내 목소리는 당황하고 말았다.

"아니, 그게. 그, 뭐냐. 아카네가 몇 번 놀자고 했는데 내가 전부 거절했거든. 딱히 특별한 용무가 있었던 것도 아냐. 그냥 혼자 놀았던 것뿐이지. 그게 마음에 안 들었던 것 아닐까."

유키가 고개를 갸웃거렸다.

"……거절했어? 그 미스 콘테스트에서 우승할지도 모르는 예쁜 아이가 놀자고 하는데?"

"응."

그러자 유키는 어째서인지 기쁜 듯 「그래, 그렇구나. 거절했구나」라고 중얼거렸다.

"어휴, 정말. 하여튼 요시도 못 말리겠다니까."

그리고 내 어깨를 툭툭 두드렸다.

"저어, 유키? 화난 것 아니었어?"

"응. 화났고말고. 생각해봐, 요시. 내 앞에서 다른 여자애 얘기를 했잖아. 여자의 마음을 전혀 몰라. 근데 용서해줄게. 아주 기쁜 말을 들었거든."

과연 내가 무슨 말을 했던 걸까.

"그러니까 참아줄게. 나 때문이기도 하거든. 요시는 미스 콘테스트를 열심히 해서 성공시키도록 해. 아아, 근데 그래도. 하나는 싫은데. 어떡하지."

"뭐가?"

"음~. 아직은 비밀."

유키는 쉬잇, 하고 하얀 이에 긴 검지를 대고 웃었다.

여자들이란 역시 영문을 모르겠다.

"어휴, 하루 선배가 도와주셔서 살았어요. 일손이 모자라서 난처했거든요."

신문부의 유일한 컴퓨터 앞에 앉아있던 2학년 오오쿠보가 그런 말을 했다. 그 부족한 사람 손을 적어도 두 개는 가지고 있는 그는, 두 손 모두 놀리고 있는 것처럼 보였다. 화면에 표시된 워드는 새하얬고 커서만 이제나저제나 하고 정신없이 깜빡이고 있었다.

"그런 말은 됐어. 부족하면 남들 배로 손을 움직여."

"예에, 아."

"왜?"

"먹통이 됐네요. 이것도 오래 돼서. 아마 3분은 멈춰있을 거예요."

"멈춰있을 거예요, 가 아니잖아. 그럼 다른 일을 찾아서 해. 아, 맞다. 미네기시. 이거 떨어뜨렸어."

이렇게 말하면서 아까부터 부실을 분주하게 돌아다니는 후배 여학생이 떨어뜨린, 엄청나게 낡은 앨범을 주워주었다. 표지는 빛에 바래서 갈색으로 변해 있었다. 제목은 닳아서 읽을 수조차 없었다. 아마 이 고등학교 이름이 적혀있을 테지만…….

"아아, 죄송해요. 감사합니다. 비전서를 떨어뜨리다니 나도 참."

"비전서가 뭐야? 읽으면 필살기를 쓸 수 있게 되는 거야?"

"뭐, 그럴 수 있을지도 모르죠."

그럴 수 있을지도 모른다라. 조금 궁금하다.

내가 들고 있던 낡은 앨범을 쳐다보자—.

"필살기는 농담이지만, 궁금하시면 봐도 돼요."

"그래?"

"지금은 세가와 선배도 신문부 일원이잖아요."

"그럼 사양 않고 봐야지."

첫 페이지를 넘겼더니 빛 바랜 사진 한 장이 나왔다. 중앙에 좀 기가 세 보이지만 아주 예쁜 소녀가 찍혀 있었다. 그 눈매나 귀 모양이 낯설지 않았으나 아마 기분 탓일 것이다.

사진 아래에 적힌 「제1회 미스 콘테스트 우승 미즈모리 아스카」라는 이름은 처음 보는 것이기 때문이었다. 다음 페이지를 넘기자 상상한대로 예쁜 여자 아이 사진이 있었다.

"이건."

"네. 미스 콘테스트 우승자 앨범이에요. 대대로 신문부가 이어받아서 반출도 복사도 엄금, 열람도 외부인은 금지하고 있어요. 과거에는 이걸 둘러싸고 폭동이 일 정도로 중요한 물건이었죠. 마지막 페이지에는 타케하라 선배가 실려 있어요. 대단하죠. 2년 연속이라니. 3연승을 해낸다면 전대미문이에요."

어째서인지 자랑스러워하는 미네기시에게 앨범을 잘 덮어서 돌려주었다.

"그런 위험한 물건은 떨어뜨리지 마. 그러고 보니 전교의 학급 명부 구했어?"

"네. 투표용지에 이름도 다 넣었어요."

"실수가 생기면 곤란하니까 한 번 더 확인하고, 학급별로 나눠주기 쉽게 정리해줄래? 오오쿠보, 도와줘."

"네에~."

"오늘 중으로 끝내주면 좋겠는데. 내가 내일 아침 일찍 각 반 반장들에게 나누어줄 테니까."

"네? 세가와 선배에게 그 정도의 일을 맡길 수는……."

"괜찮아. 설령 선생님한테 들켜도 너희가 반장한테 주는 것보다 내가 더 둘러댈 말이 있지. 실행위원장인 타쿠마랑도 친하잖아. 그 녀석 심부름이라고 하면 돼. 그럼 잘 부탁해."

당당하게 농땡이를 치는 후배와 과한 업무를 혼자 책임지려는 후배에게 한 차례 지시를 마치고 주어진 자리로 돌아오자, 마침 현재 신문부 부장인 타나베가 부실로 뛰어 들어왔다. 그 눈 아래에는 다크서클이 진하게 내려왔고 얼굴을 볼 때마다 볼이 푹 꺼져 들어가는 것처럼 보이는 건 기분 탓은 아닐 것이다.

내 얼굴을 보자마자 좀비처럼 소리를 질렀다.

"하루. 선생님에게 나눠드릴 특별호(공식) 기사는 어떻게 됐어?"

"3학년 각 반의 실행위원에게 부탁해 놨어. 주제는 4년 전 것을 가져다 써도 되겠지? 음, 볼만한 전시랑 주목하고 있는 반에 대해. 기한은 오늘까지라고 했으니까 곧 가져올 거야."

"아, 세가와 선배. C반이랑 E반 몫은 이미 받았어요. 제 책상 위에 있어요."

미네기시가 명부에서 고개도 들지 않고 알려주었다.

"그렇다고 하네, 타나베. 미안한데 원고 확인은 해줘."

"너, 여기서 나한테 일을 더 떠넘기는 거야?"

"그야 내가 확인할 수는 없으니까. 어차피 도와주는 사람이고."

그렇게 말하면서 손에 든 자료로 시선을 떨어뜨렸다. 이렇게 해두지 않으면 바로 책상 위가 종이로 가득 찰 것이다. 오탈자 확인은 나. 레이아웃 확인은 타나베지. 내가 담당한 것 이외의 일을 전부 타나베의 책상 위로 옮기자 타나베는 싫어죽겠다는 표정을 지었지만 못 본 척 넘겼다. 소리쳐봐야 어쩔 수 없다는 것을 아는 타나베는 내가 말을 걸지 않는 한 불평은 하지 않을 것이다.

겨우 책상의 색인 옅은 크림색이 보이기 시작했음에 안심하면서 각자의 스케줄이 적힌 화이트보드를 쳐다보았다. 내 이름 밑에는 『17시 30분 인터뷰(린도 아카네)』라고 적혀 있었다. 투표용지를 나눠줄 때 첨부할 후보자 소개 전단지용이었다.

아마 오늘만 수십 번은 봤을 예정은, 당연하지만 몇 번을 봐도 사라지지 않았다.

"저기, 타나베."

"음, 얼른 가. 지명이잖아."

이마를 찡그리고 엄청난 기세로 자료를 체크하는 친구에게 내 상담은 꺼내보지도 못하고 단호하게 퇴짜 맞고 말았다.

"근데, 친구 인터뷰는 왠지 낯간지럽다고 할까."

"배부른 소리 한다. 그거 아카네의 팬이 들으면 널 죽이려 할걸. 무엇보다 아카네가 미스 콘테스트에 참가하는 조건으로 네가 여기

77

있는 거잖아."

"그건 그렇지만."

"그럼 네 임무를 다 해."

타나베는 도저히 줄어들 기미가 안 보이는 서류의 산을 노려보면서 말했다.

"이건 내 역할. 그게 네 일이잖아."

나의 열 배는 바쁜 듯한 타나베에게 그런 말을 들으니 대꾸할 말이 없었다. 아무래도 각오를 해야 할 때가 온 모양이다. 으응, 하는 한숨은 누구의 귀에도 들어가지 않았다. 다들 바쁘게 움직이고 있었다. 각자의 역할이나 일과 씨름하고 있었다.

나만 도망칠 수는 없었다.

"그럼, 뭐, 갔다 올게."

"그래, 잘 갔다 와."

녹음기와 메모 용지를 손에 들고 친구의 말에 등을 떠밀려 방을 나갔다. 문을 닫아도 시끄러운 방과 후의 부실은 처음 생각했던 것보다 편한 곳이 되어있었다.

인터뷰 장소로 확보했던 곳은 동아리 회관의 빈 교실 중 하나.

드르륵 문을 한쪽으로 열자 그 너머에는 마주하도록 붙여놓은 두 개의 책상이 있었고, 한쪽 의자에 아카네가 이미 앉아있었다. 단정한 얼굴이 뚱하게 부어 있는 것이 아무래도 기분이 나쁜 모양이다.

"미안. 오래 기다렸어?"

"응."

단답으로 대답한 아카네는 턱을 괴고 이쪽을 보지도 않았다.

그런 아카네답지 않은 모습에 내심 고개를 갸웃하면서 나는 비어있는 자리에 앉아 한 번 더 말을 걸었다.

"아카네?"

"음~?"

역시 반응이 심심하다.

하지만 이대로 시간을 쓸데없이 보낼 수도 없는 노릇이라, 필요도 없으면서 메모지 끝으로 책상 표면을 통통 두드리며 관심을 끌어 보았다. 시작하겠다는 신호다. 그래도 아카네는 아직 내 쪽을 보아주지 않았다. 그러다 겨우 눈치챘다. 그녀의 목덜미가 조금 빨개져있다는 것을. 혹시─.

"아카네. 긴장했어?"

"그게 뭐, 긴장하면 안 돼?"

"아니, 안 될 건 없지. 근데."

"근데, 뭐?"

아카네가 겨우 내 쪽을 봐주었다. 하지만 약간의 살기를 띤 눈으로 나를 쏘아봤다.

"인터뷰 같은 건 익숙하잖아."

린도 아카네라고 하면 우리 학교뿐 아니라 틀림없이 이 동네의 히어로일 것이다. 남녀노소 모두에게 사랑받는 외모와 햇살처럼 밝은 성격, 그리고 수영으로 전국대회까지 나갈 정도의 재능과 그걸 뒷받침할 노력을 할 수 있는 소녀다. 이런 학생 인터뷰가 아니라, 시의 홍보지에도 몇 번이나 실렸다. 그런 아카네가 왜 이제 와서 새삼…….

"으음. 익숙하긴 하지만 하루가 인터뷰어인 건 안 익숙하잖아."

아카네가 책상을 쾅쾅 때렸다.

"무슨 말인지 잘 모르겠어. 무엇보다 날 지명한 건 너잖아."

"그건 그렇지만. 그야 그렇긴 한데……. 하루, 여자의 마음을 모른다는 말 자주 듣지 않아?"

바로 며칠 전에 유키에게 완전히 똑같은 말을 들었다. 자각을 하고 있어도 연달아서 들으니 썩 유쾌하지 않았다.

"시, 시끄러워. 그보다 지금 그게 무슨 상관이야."

"완전 상관있지. 하루 바보. 바~보. 됐다. 그냥 시작하자."

"그러려고 했어."

비난의 말이 오가는 분위기 그대로 녹음기 스위치를 눌렀다. 지직거리는 소리가 났다.

창문을 따라 사각형으로 잘린 오렌지색이 바닥에 떨어지며 우리의 절반 정도를 붉게 물들였다.

"그럼, 으흠. 린도 아카네 씨. 지원한 이유와 앞으로의 각오를 한마디 부탁드립니다."

"그게 다야?"

"응. 공간이 한 사람당 열 줄 정도밖에 안 돼서, 짧게 부탁해."

"그냥 물어보는 건데, 하루는 내가 참가 신청을 한 이유가 뭐라고 생각해?"

"저기요. 내가 그걸 어떻게 알아. 무엇보다 알고 있다면 인터뷰를 할 필요도 없지."

"원하는 게 있어."

"그게 뭔데?"

"음~. 아직은 비밀."

"그런 식이면 인터뷰가 안 되잖아."

"그럼 이만 끝내자."

아카네가 책상 위로 몸을 내밀더니 녹음기로 손을 뻗었다. 달칵 소리가 나면서 녹음이 멈추었다. 찾아온 정적. 갑자기 그 순간 새삼스럽지만 여자랑 단둘이 있다는 사실을 의식하고 뒤늦게 긴장이 찾아왔다. 꿀꺽 큰 소리를 내며 미끄러져 내려간 침이 내 긴장을 강조했다.

"아, 아직 한 마디도 못 들었는데."

익숙한 아카네의 얼굴이 평소와 달라 보이는 건, 틀림없이 석양의 달콤한 빛 때문일 것이다.

"그런 건 적당히 써. 최선을 다하겠습니다, 라든가. 응원해주세요, 라든가. 하루, 그보다 나도 한 가지 물어보고 싶은 게 있는데. 작년에 하루는 누구한테 투표했어? 역시 미즈키?"

"그, 그렇지. 작년엔 타케하라한테 투표했어. 뭐, 누구한테 투표하든 마찬가지니까. 그렇다면 가장 인기 있는 아이가 무난하잖아."

마지막으로 덧붙인 말에 한심해지고 말았다. 나는 대체 무엇에 대한 변명을 하는 걸까.

"흐음. 그래. 그럼 올해는?"

"뭐?"

"올해 하루는 누구한테 투표할 거야?"

아카네가 더 가까이 다가왔다. 쿵쾅거리는 심장 소리는 내 것인가, 아카네의 것인가. 위로 오른쪽으로 아래로 왼쪽으로 빙글빙글 돌아가는 내 눈이 그 순간, 아카네의 눈과 마주쳤다. 왠지 꽤 오랜만인 것 같은 기분이 들었다. 아카네의 눈동자가, 코가, 입술이 손이 닿는 곳에 있다. 동시에 우리는 서로가 너무 가까운 곳까지 와있음을 깨달았다.

둘 중 누군가가 원하기면 하면 모든 걸 만질 수 있는 거리였다.

"아, 아카네?"

그리고 아카네는 확 물러났다.

"우와, 윽. 미, 미안. 이상한 소리해서. 잊어버려."

"으, 응."

아카네는 휙 돌아서 몸을 둥글게 말고 우~, 하고 신음하며 볼에 손을 댔다. 오늘 아카네는 왠지 이상하다. 그리고 나 역시 이상했다. 왜 이렇게 두근거리는 걸까.

벽에 걸린 동그란 시계가 째깍째깍 움직인다. 1분, 2분, 3분. 시간은 멈추지 않았다. 흘러간다. 지금 이 세상에서 멈춘 건 틀림없이 우리 두 사람뿐일 것이다.

침묵이 심장 고동을 강하게 했다.

먼저 못 견디게 된 건 아카네였다.

"그, 그그, 그런데 하루는, 이 미스 콘테스트가 시작된 진짜 이유 혹시 알아?"

"지, 진짜 이유? 일단은, 아마도. 우, 우리 아빠가 거기 참가했거든."

우리 대화는 어색해서 마치 서툴기 짝이 없는 극단원이 정해진 대본을 국어책처럼 읽는 것 같았다. 아아, 그래도 한 마디, 두 마디 할 때마다 녹슨 수레바퀴는 빡빡하게 맞물리며 제대로 굴러가니까, 좋은 윤활유가 되었다.

"와, 그렇구나. 사실 우리 아빠도 그래. 근데 아마, 진실은 네가 아는 이유와는 틀림없이 조금 다를 거야."

"무슨 말이야?"

"미스 콘테스트를 하자고 제안한 신문부 부장 알지? 얼마 전에 엄마한테 들었는데. 우리 아빠가 그 부장이래. 그래서 딸인 나는 진실을 알고 있거든. 바보에 겁쟁이에 한심했지만, 최선을 다해 쥐어짜낸 용기와 잘 돌아가지도 않는 머리를 총동원해서 남자 아이 단 한 명이 잡으려고 했던 것을……. 그리고 나도 그걸 원해."

"무슨 말이야. 조금만 더 알기 쉽게 말해줘."

"궁금한가 봐?"

"거기까지 들으면 그럴만 하지."

아카네는 덜컹하고 의자에서 일어나 저물어가는 하늘을 향해 손을 뻗었다. 가늘고 긴 손가락 틈새로 빛이 넘쳐흘렀다. 그 빛줄기가 아카네의 뺨에 닿아 젖었다.

그녀는 생각하듯이 눈을 가늘게 뜨고 날 보지도 않은 채 말했다.

"그럼, 응. 이 다음은 또 다음에 얘기할게. 내가 무사히 우승한 다음에 하는 걸로 하자."

인터뷰를 마치고 복도를 걸어갔다. 아니, 실제로 인터뷰는 하나도 못 했지만…… 아카네의 태도. 말. 미스 콘테스트의 진실. 긴장으로부터 해방된 머릿속에서 그런 것들이 빙글빙글 소용돌이를 쳤지만 답은 나오지 않았다.

이 감정을 가라앉히기 위한 수식을 나는 아직 모른다.

정신을 차려보니 어느 틈엔가 부실 앞까지 돌아와 있어서, 늘 그렇듯이 교실 문을 밀었다. 그리고 늘 하던 말을 했다.

"나 왔어~."

"응."

하지만 맞아준 것은 평소의 신문부 사람들이 아니라 어째서인지 타쿠마였다. 빨간색 소파에 드러누워 부실에 방치되어 있던 몇 년 치의 만화를 열심히 읽고 있었다.

"뭐 해?"

"뭐하긴, 원고 기다리고 있지. 오늘까지잖아."

타쿠마의 말에 타나베가 종이 한 장을 흔들었다.

"만화를 읽는 이유는?"

"휴식이야, 휴식. 그보다 미안한데. 하루. 잠깐 조용히 해줄래?"

"왜?"

"지금 한창 재미있는 부분이란 말야. 5분이면 돼."

"나가. 그리고 일해."

"에이, 타쿠마 선배님도 피곤하실 걸요."

어째서인지 비호해준 건 오오쿠보였다. 아아, 머리 아파.

"왜 타쿠마가 더 인망이 높은 거지?"

"평소 행실의 차이 아니겠냐."

콧노래까지 흥얼거리며 책을 팔랑 넘기는 타쿠마에게 무슨 말을 해봐야 소용없다는 걸 깨달은 나는 책상 위에 거의 아무것도 들어 있지 않은 녹음기와 새하얀 메모장을 내려놓았다. 하루 선배, 프린트 정리 끝났어요, 하고 칭찬해줘 아우라를 마구 풍기는 후배 둘에게 칭찬을 건네면서 화이트보드에 적힌 친구 이름을 겨우 지웠다.

그리고 5분 꽉 채워 만화를 다 본 타쿠마가 어쩐지 만족스러운 모습으로 일어났다.

"안심했다."

"뭐가? 그 만화가 해피엔딩이라서?"

"그것도 있지만. 하루가 잘 하는 것 같아서. 엄청 신경 썼거든. 갑자기 억지로 이야기를 진행시켰으니까. 아, 미안."

갑자기 타쿠마의 주머니가 떨렸다. 꺼낸 건 놀랍게도 스마트폰이었다.

"그건 금지잖아."

"융통성 없는 소리 하지 마. 문화제 동안만이야. 이게 없으면 지시도 못 내려. 어, 왜?"

그리고 타쿠마의 표정이 180도로 바뀌는 데는 시간이 얼마 걸리지 않았다. 공기가 긴장됐다. 다들 그걸 피부로 느끼고 타쿠마를 주목했다.

"큰일이다."

"왜?"

"코자토 녀석에게 들켰어. 이쪽으로 오고 있대."

예전에는 어땠는지 모르겠지만 이 미스 콘테스트는 지금은 반쯤 선생님의 묵인 하에 하는 상황이었다. 과거 학생편이었던 선생님도 있고 특별호(공식) 등으로 일단 할 도리는 하고 있다. 물론 문제가 생기면 거기서 끝이지만 그렇게 되지 않도록 우리끼리 움직이는 것이다.

하지만 그런 것을 절대로 용납하지 않는 사람도 있는 법이다.

코자토 선생님은 그 필두였다. 올해부터 우리 학교에 온 신인 여교사로, 성실하고 수업도 쉽게 잘 하시지만 조금 융통성이 없어서 불편해하는 학생들도 많았다.

"어쩌다 들켰어?"

"몰라. 내가 아는 건 지금 남쪽 교사에 있는 코자토가 5분 안에 이쪽으로 들이닥칠 것이라는 사실뿐이야."

당황해서 책상 위에 펼쳐져 있는 투표용지를 봤다. 내 말대로 깨끗하게 나누어둔 미네기시의 작업의 결정체. 그리고 컴퓨터에는 어느 틈엔가 80퍼센트 정도 채워진 소개 전단지 데이터.

타쿠마의 결단은 빨랐다.

"투표용지를 박스에 넣어서 베란다 밑의 사진부로 옮겨. 컴퓨터는……."

면목 없다는 듯이 오오쿠보가 한쪽 손을 들었다.

"죄송합니다. 먹통이에요."

"하필 이럴 때, 미치겠네. 할 수 없지. 그냥 강제 종료해."

"그, 그럼 데이터가 날아갈지도 몰라요."

"백업 해놨잖아."

"안 해놨는데요."

"떳떳하게 할 소리냐. 아아, 미치겠네."

젠장, 하고 투덜거린 타쿠마는 짜증스럽게 나를 잡고―.

"하루. 코자토의 발을 묶어놔."

"왜 하필 나야."

"선생님이 넌 예뻐하잖아. 알았지? 5분만, 그 안에 어떻게든 해볼 테니까."

이렇게 말하면서 타쿠마는 이미 다음 행동으로 옮기고 있었다. 스마트폰으로 계속 연락을 하면서도 시선만은 내게서 떼지 않았다.

머릿속으로 시뮬레이션을 해보았다.

코자토 선생님을 만나서 말을 건다. 내용은 진로나 과제. 아니다. 상상 속에서 1분도 못 버텼다. 그렇게 시간만 흐르고 나 아닌 다른 사람들은 각자의 역할을 하려고 했다.

초조한 듯이 지켜보던 타쿠마는 언젠가 봤던 표정으로 슥 얼굴을 바꾸었다. 그것은 이렇게 말하고 있었다.

하루는 이러니저러니 말은 많아도 어쨌든 도와주니까, 여기서 쓸데없이 입씨름할 필요 없잖아? 시간 아까워, 시간.

내 성격을 충분히 이해하고 있는 친구의 묘한 신뢰.

그래서 나는 뛰었다. 뛰는 수밖에 없었다.

내가 맡은 5분을 완수하기 위해……

복도를 뛰어 계단을 내려갔다. 남쪽 교사에서 온다면 틀림없이 2층의 건널 복도를 이용할 것이다. 4층에서 3층으로. 일곱 단을 뛰어내리자, 쾅 하고 깨지는 듯한 소리가 울려 퍼졌다. 그 기세 그대로 2층으로 갔다.

예상대로 찾고 있던 사람을 찾았다.

대단한 미인이지만 안경 안쪽의 눈이 날카로워서 사나운 인상을 준다. 이윽고 나를 발견한 코자토 선생님이 평소의 늠름한 목소리로 말했다.

"거기, 세가와. 복도에서 뛰지 마."

"죄송합니다."

내가 노리던 대로 관심을 끄는데 성공했다. 문제는 지금부터다. 일단 대책을 생각해두긴 했지만 성공할 것 같지는 않았다. 하지만 대안이 없는 이상 밀어붙이는 수밖에 없다.

나는 코자토 선생님 앞에서 스피드를 줄이고 약간 부자연스럽게 앞으로 몸을 숙이면서 배를 부여잡았다. 마치 교복 안에 무언가를 감추고 있는 것처럼······.

"잠깐, 어딜 가려고 그렇게 서둘렀던 거지?"

"화, 화장실이요."

"배 아파서?"

"아, 네."

상기된 목소리로 대답하면서 시선을 돌렸다. 의심해. 날 의심해줘.

신문부 부실이 있는 쪽에서 온 내가 뭔가를 가지고 나가려 하고 있다고!

의심만 하면 문답을 할 수 있다. 그렇게 되면 다소 시간을 벌 수 있을 것이다.

하지만—.

"그래. 미안하구나, 얼른 화장실에 가보렴."

코자토 선생님은 그렇게 말했다.

"아, 저······."

"그래도 복도에선 뛰면 안 돼."

"아, 네."

구멍투성이의 작전은 당연히 실패했다.

실패한 것뿐 아니라 코자토 선생님의 다정함에 가슴마저 아파왔다.

"왜 그러니? 얼른 가지 않고."

"아, 그, 그러니까."

틀렸어. 아무 생각도 나지 않는다. 그때였다.

내가 뛰어온 복도를 마찬가지로 뛰어오는 녀석이 있었다. 오오쿠보였다. 나처럼 몸을 말고 배를 팔로 감싸고 있었다.

그리고 그는 우리를, 아니, 코자토 선생님을 발견한 순간 걸음을 멈추고 방향 전환을 시도했다. 고작 그 정도의 기술이 그와 나를 완전히 다르게 보이게 했다.

"거기 서. 오오쿠보, 어디에 가는 거지?"

"화장실이요."

"……숨기고 있는 게 뭐야?"

"아무것도 안 숨겼어요."

거기서 내가 상상했던 것이 그대로 펼쳐졌다.

"하루 선배도 뛰었잖아요. 저도 다 봤어요."

"세가와는 배가 아프대."

"저도 화장실 가는 길이었어요."

"거짓말 하지 마."

"거짓말 아니에요. 진짜 화장실 가는 거예요. 아니, 왜 하루 선배는 믿으면서 전 안 믿어주시는 거예요."

"그건 네가 그렇게 말하면서 수업을 다섯 번이나 빠져나간 전례가 있으니까!"

코자토 선생님의 포효가 복도에 메아리쳤다. 마치 동아리 회관 전체가 흔들릴 듯한 커다란 호통소리였다. 하지만 오오쿠보는 그 정도로는 눈 하나 깜짝하지 않았다.

그때부터의 수완도 대단했다. 헷갈리게 만들고 또 헷갈리게 하고, 약 올리고. 내가 맡은 5분은 이미 지나버려서 체념하듯이 말했다.

"사실 지금, 정문에 연예인이 왔대요."

"연예인?"

"아니, 진짜로 왔는지는 모르지만요. 엄청난 미인이 있어서 사람들이 다 몰려갔다던데. 그런 말을 들으면 신문부로서 취재를 안 갈 수가 없잖아요."

그리고 마무리처럼 교복 안 주머니에서 작은 디지털 카메라를 꺼냈다.

"그래? 그렇다면 내가 가보지. 소동은 그냥 넘어갈 수 없으니까. 오오쿠보는 부실로 돌아가. 나중에 갈 테니까. 아, 달아나면 안 된다."

그렇게 우리를 남겨둔 채 코자토 선생님은 떠나갔다. 아무래도 나는 완전히 잊힌 것 같았다. 그 늠름한 뒷모습이 완전히 사라지자 고개를 들었다.

"살았다."

나 혼자선 30초도 못 버텼다.

"고생하셨습니다."

"컴퓨터는?"

"그 후에 바로 다시 움직여서 백업했어요. 상자도 지금쯤 옮겼을걸요. 그러니까 제가 도우러 온 거고요."

"그래. 다행이네."

"정말 행운이었어요. 뭔가 소동을 일으켜서 코자토 선생님을 유도하는 작전이었던 것 같은데, 마침 정문에 엄청 예쁜 여자애가 있다는 정보가 들어왔거든요. 그걸 이용하자 싶어서 지금쯤 서른 명은 정문에 몰려있을걸요. 타쿠마 선배가 부채질 한 덕분에……. 아아, 젠장. 나도 보고 싶었는데. 정말 엄청 예쁘대요. 들리는 말에 따르면 린도 선배나 타케하라 선배는 상대도 안 된다던데."

정문?

미소녀?

새삼 깨달았다.

"하루 선배?"

불길한 예감이 들었다.

아주아주 불길한 예감이다. 약속 시간까지 아직 시간이 남았지만 그 아이는 만난 후로 내내 나를 정문에서 기다리곤 했다. 무엇보다 아카네보다 예쁜 아이라니 적어도 나는 한 사람밖에 모른다.

"어디 가세요? 어? 진짜 화장실 가요?"

후배가 헛짚고 소리쳤지만 무시했다.

아까보다 몇 배나 빠른 스피드로 계단을 뛰어 내려가 슬리퍼를 신은 채 정문까지 뛰었다.

그곳에는 듣던 대로 타쿠마에게 선동당한 학생들이 우글거리고 있었다. 아무래도 코자토 선생님은 아직 안 온 모양이다. 틀림없이 걸어오고 계시겠지.

"잠깐 비켜봐. 미안. 지나갈게."

원 중심으로 억지로 밀고 들어갔다. 누군가의 어깨가 부딪치고, 팔꿈치가 닿고, 불평이 들렸다. 아프다. 하지만 그건 그리 대단한 문제가 아니었다. 더 아픈 곳이 있었으니까.

가슴이 아프다.

아픔이 나를 재촉했다.

그 앞에—.

"아, 요시. 그, 있잖아. 이거 뭐야. 내가 뭐 잘못했어?"

안절부절못하면서 반쯤 울 것 같은 유키가 있었다.

"미안, 정말 미안해."

코자토 선생님이 오기 전에 유키를 데리고 근처 패밀리 레스토랑
으로 갔다. 의자에 앉은 유키는 아까부터 들고 있던 책으로 자기
얼굴을 계속 가렸다.

"싫어."

"미안하다니까."

"싫다니까. 나 진짜 무서웠단 말이야. 갑자기 사람들이 둘러싸서.
다들 눈이 너무 무서웠어. 그게 다 요시 때문이었다니 믿을 수가
없어."

그래도 그 떨리는 목소리에서는 화난 기색이 느껴지지 않았다.
공포와 수치와 당혹감이 짙었다. 이럴 바에는 차라리 화내는 게
나을 것 같았다.

"사과할게. 유키."

안 보일지도 모르지만 머리를 테이블 위에 쿵 박았다.

사랑싸움이라도 하는 거라고 착각한 걸까. 시끄러운 가게에서도
우리를 두고 하는 말만은 저 좋을 대로 일하는 귀가 쏙쏙 주워듣

고 말았다. 99퍼센트. 아니 솔직히 말하자. 100퍼센트 나에 대한 비난이었다. 저 자식. 저런 예쁜 여자를 울리다니. 나 같으면—.

나 같으면 어쨌다는 걸까. 유키를 상처주지 않았을 거라는 말이라도 하려는 걸까. 다른 잡음은 무시했지만 그 말만은 이상하게 가슴에 푹 박혔다.

시간만 흐른다.

내내 머리를 박고 있었다.

"—싫어."

"응?"

"……파르페 먹고 싶어."

황급히 고개를 들었다.

잘못 들은 게 아니다. 유키 목소리였다.

그 표정은 알 수 없었지만 다가와준 것이 기뻐서 내게 비추어진 빛에 덥썩 매달렸다. 바로 점원을 불러 파르페와 드링크바를 주문했다.

5분 정도 지나자 점원이 가져온 딸기 파르페를 앞에 놓은 유키는 그제야 책 바리게이트를 치워 주었다. 유키의 단정한 얼굴 전체가 빨개져 있었다. 코끝과 뺨 그리고 눈 끝까지…….

"나, 너무 무서웠어."

"미안, 진짜 미안하다니까."

다시 유키의 얼굴이 팍 일그러졌다. 그 감정을 앞두고 그 아이는 그것들을 전부 삼키듯이 파르페를 먹었다.

덥석. 맛있다, 하고 떨리는 목소리를 쥐어짜내며…….

"홍차도 마시고 싶어."

"그래. 따뜻한 거? 아니면 아이스?"

"따뜻한 거."

"오케이."

시키는 대로 음료를 갖다 주고 케이크를 추가하며 달래기를 20분.

"미안해, 유키."

확인하듯이 한 번 더 고개를 숙였다.

유키는 흥 하고 콧방귀를 뀐 뒤 겨우 고개를 끄덕였다.

"알았어. 용서해줄게."

그 말에 안도한 것도 잠시…… 하지만, 하고 유키의 빨간 입술이
움직였다.

"마지막으로 부탁 하나만 더 들어줘."

"뭐든 들어줄게."

"꼭이다."

"응."

내 눈을 보고 끄덕인 뒤 유키는 그 부탁을 말했다.

"그럼 요시의 미스 콘테스트 투표용지에는 내 이름을 써줘."

"무슨 말이야?"

"무슨 말이긴, 말 그대로의 의미야."

"아니, 넌 우리 학교 학생이 아니잖아. 그런 짓 해봐야 아무 의미
도 없다고 할까. 그냥 무효표가 하나 늘어나는 건데."

"아냐. 의미는, 확실히 있어."

몹시 중요한 말을 하듯이 유키가 중얼거렸다.

"아카네도 미즈키도 아니고. 네 투표용지에만은 내 이름을 써주면 좋겠어. 그거면 돼. 그건 틀림없이 백 표나 천 표의 유효표보다 가치 있는 한 표일 테니까."

"으~음. 역시 무슨 뜻인지 나로선 전혀 모르겠지만. 네가 그러길 바란다면."

그렇다. 유키가 바란다면 나는 어떤 것이든 들어주고 싶다.

"네 이름을 쓸게. 뭐 어려운 일도 아니니까."

"결정했다. 거짓말 하면 가만 안 둘 거야."

아직 완전히 마르지 않은 눈으로 유키가 진지하게 나를 쳐다보았다.

이걸 어떻게 받아들여야 하는 걸까. 나는 당황해서 아무래도 좋은 말을 했다.

"아, 그러고 보니 그 책갈피 예쁘네."

우리 시선 끝에는 책에 끼워진 책갈피가 있었다.

"예뻐? 이거 그냥 종이인데."

"아니, 그러니까. 응. 핑크색이 좋네. 꼭 벚꽃 색 같잖아. 예뻐."

아아, 왜 이런 말을 하는 걸까. 유키도 봐, 어이없ㅡ.

거기서 사고가 정지해버렸다.

유키가 너무 행복하게 웃고 있었기 때문이다.

오늘 처음 본, 유키의 웃는 얼굴이었다.

"고마워. 그러게. 이거 예쁘지. 왜냐면 사실 책갈피가 아니라~."

그리고 유키가 이렇게 말했다.

"이건 내 『소원』이니까."

결론부터 말하면 문화제는 대성공이었다. 미스 콘테스트는 당초 예상을 훨씬 웃돌며 아카네가 총 유효표수의 40퍼센트를 독점하면서 압승했다. 그리고 지금—.

꽤나 높아진 하늘 아래, 나는 사진부 비장의 디지털 카메라 렌즈를 아카네에게 들이대고 있었다. 미스 콘테스트에서 우승한 아카네의 모습을 비전서에 남기려면 사진을 찍어야 하기 때문이다. 렌즈를 통해 보는 아카네는 빨개진 단풍에 손을 뻗고 있었다. 이윽고 그 중 하나를 잡고 입술을 가리듯이 입가로 가져갔다.

"예전에 이런 일도 있었지."

기쁘게 웃는 아카네를 보고 나도 모르게 셔터를 누르자 찰칵 소리가 나며 세상에서 나밖에 모르는 한순간이 찍혔다.

"방금 찍은 거야?"

"안 돼?"

"안 돼."

"왜?"

"포즈고 뭐고 아무것도 안 취했잖아."

목소리에 평소의 패기가 없는 건 어째서일까.

"딱히 포즈 같은 건 필요 없잖아."

사진부 지인이 부모의 원수라도 대하듯이 내게 이 디지털 카메라를 빌려줄 때 말한 요령은, 그냥 무조건 셔터를 누르라는 것뿐이었다. 알았지, 하루? 너한테 셔터 스피드라든가 초점이라든가 감도라든가, 그런 걸 어떻게 하라고 말할 생각은 없어. 그런 까다로운 것들은 이 녀석이 자동으로 해줄 거야. 그러니까 넌 린도랑 얘기하면서 걔가 편하게 있는 순간에 그냥 셔터만 마구 누르면 돼. 백 장이든 천 장이든. 그럼 초보인 너도 기적적으로 한 장 정도는 좋은 사진을 건질 수 있을지도 몰라.

어려운 건 아니었다.

찰칵.

한 장 더, 순간을 찍었다.

"아, 또 찍네."

"그게 내 마지막 일이니까."

렌즈 너머로 아카네의 안달 난 얼굴, 당황한 얼굴, 화난 얼굴, 토라진 얼굴, 하나하나가 추억이 되어 쌓여갔다.

"하지 말라니까. 더 예쁘게 찍어줘."

"걱정 안 해도 예뻐."

찰칵.

그렇게 평소처럼 농담을 하면서 찍은 한 장은—.

"어?"

찰칵.

카메라에 담기는 세상의 모든 게—.

"뭐, 무무무무슨 소리야?"

"아니. 안 예쁘면 미스 콘테스트에서 1등 못했을 거 아냐."

찰칵.

손에 든 단풍보다 빨갛고―.

"아, 그런 뜻이구나. 하긴. 하루가 그런 생각을 할리……."

"걱정 안 해도 나도 그렇게 생각해."

"뭐, 아아앗."

찰칵.

놀라움과 최고의 기쁨으로 가득한―.

"저, 정말?"

"당연하지."

찍을 때마다 아카네의 매력이 깊어갔다.

그래서 지금. 셔터 버튼의 검지에 힘을 준 순간 알았다. 다음 한 장에 가장 예쁜 아카네가 찍힐 것이라는 것을…….

"그렇구나. 후후. 기분 좋네!"

―찰칵.

거기에는 예상한 것처럼 처음 볼 정도로 예쁘게 웃는 여자 아이가 있었다. 그 따뜻한 미소는 최고의 행복으로 가득했다.

한 차례 촬영을 마치자 아카네가 찍은 사진을 보여 달라며 카메라를 빼앗았다. 그리고 십 분 정도 후 돌아온 카메라에는 그렇게 많이 찍었던 사진이 두 장을 빼고 전부 지워지고 없었다.

한 장은 입술을 단풍으로 가린 것.

그리고 다른 하나는 아카네의 베스트 샷.

"왜?"

"다른 사진은 필요 없잖아. 앨범은 이 단풍 사진으로 해줘. 그리고 여기 웃고 있는 건 하루가 두 장만 현상해서 아무한테도 보여주지 말고 지워줘."

"왜 두 장이야?"

"……애쓴 하루에게 포상을 주려고. 아카네는 착하잖아. 한 장은 내 것이고, 다른 한 장은 하루에게 선물용. 기뻐해. 일단 학교에서 가장 인기 있는 사람의 사진이야."

빠르게 말을 마친 아카네는 내게서 얼굴을 감추듯이 통통 뛰면서 걸어갔다. 빙글 돌았다. 단풍이 흩날렸다. 치마가 나부꼈다. 여름에 비해 약간 길어진 머리카락이 살랑인다. 나를 응시하는 눈동자만이 흔들림 없이 단정했다. 이윽고 아카네가 말했다.

"아, 맞다. 약속 지켜야지."

빨갛게 가라앉는 세상에서 아카네가 말한 것은 언젠가 하던 얘기의 다음 얘기였다.

"옛날 옛날에. 대략 30년쯤 전에 한 겁쟁이 소년이 있었습니다. 그는 같은 학년에서 가장 예쁘기로 유명한 여자 아이를 계속 짝사랑했지만 고백하기는커녕 말도 못 붙였습니다."

아카네가 조금씩 뒷걸음질로 멀어져 갔다. 그래도 조용한 이곳에서는 아카네의 목소리가 막힘없이 나에게 제대로 들렸다.

"그런 그들도 정신을 차려보니 3학년. 가을. 남은 이벤트는 문화제와 수험뿐. 그래서 그는 생각했지. 잠깐이라도 좋아. 아주 잠깐이라도 좋으니까 이 사랑을 기념할 만한 것을 갖고 싶다. 그렇게 그는 요란한 계획을 생각하고 실행해서 최종적으로는 그걸 꽉 움켜쥐었어. 일등을 한 기념을 남기게 해주면 좋겠다면서. 나머진 알겠지?"

나는 손에 든 카메라를 봤다.

거기 찍힌 학년, 아니, 학년 최고의 미소녀 사진을 바라보았다. 그 얼굴이 비전서의 1페이지에 있던 미소녀의 눈동자와 겹쳤다. 귀 모양이 똑같았다.

"아카네의 어머니 옛날 성이 미즈모리야?"

아카네가 고개를 끄덕였다.

"이 미스 콘테스트는 우리 아빠가 엄마 사진을 갖고 싶어서 시작한 이벤트란 거지. 지금도 두 분은 그때 사진을 소중히 간직하고 있어. 아빠는 물론 엄마한테도 그건 세상에서 제일가는 사진이니까."

원하는 것이 있어, 라고 아카네가 말했다. 혹시 그건……

"눈치챘어? 그래, 내가 원한 건 이 사진이야. 왜냐면 엄마는 이 얘기를 할 때면 정말 행복해 보이거든. 나도 모르게 내가 쑥스러워질 정도로."

"그럼 더 사진을 잘 찍는 애한테 찍어달라고 했어야 하는 거 아냐? 난 완전히 초보인데."

"아냐. 아무리 사진을 잘 찍는 사람이라도 나를 이보다 더 예쁘게 찍는 건 힘들 거야. 이건 세상에서 딱 한 명, 하루만 찍을 수 있는 사진이잖아."

"그렇게까지 칭찬해주면 민망한데. 내가 사진에 재능이 있었구나."

"바보. 그런 게 아니라니까. 그래도 정말 고마워. 나도 고등학교 시절 마지막 이벤트에서 아빠 엄마에게 지지 않을 정도의 추억이 생겼잖아. 그러니까 네게도 추억을 나눠줄게. 괜찮으면 내 사진을 받아줘."

그리고 내 대답도 듣지 않고 아카네는 다시 내게서 등을 돌렸다.

그리고 그 등이 물어왔다. 아, 맞다, 하고 방금 생각난 것처럼…….

"있잖아, 하루. 넌 이번에도 미즈키한테 투표했어?"

"어? 아니. 아닌데."

"그래, 그럼 됐어."

그리고 곧장 똑바로 걸어갔다.

기분이 좋은지 몸을 좌우로 흔들면서…….

잘은 몰라도 아카네는 착각을 한 것 같았다.

그래서 나는 더 이상 말할 수 없었다. 내 투표용지에는 타케하라의 이름도, 아카네의 이름도 적지 않았다는 것을…….

어째서인지 새하얀 투표용지를 넣었다는 것을…….

무효가 된 한 표의 행방.

백지를 메운 이름과 내가 만난 것은, 가을이 끝날 무렵의 방과 후.

그 너무나 아름다운 여자 아이는 우리가 맞을 마지막 겨울을 데리고 왔다.

Side-A 그녀의 사랑

Contact. 212

"안녕, 아카네."

친구 여러 명이 말을 걸었다.

오래 전부터 변함없는 아침 인사도, 어떤 사람이 하느냐에 따라 받는 인상이 변한다는 게 재미있다.

씩씩하거나 나른하거나 졸리거나 아주 힘이 넘치거나.

투명한 소리에도 만약 색이 있다면 그들은 틀림없이 선명한 색채로 세상에 화려함을 더할 것이다.

"다들 안녕~."

가슴을 펴고 몸 안에서 울려나오는 우렁찬 소리로 인사했다.

어떤 다른 색도 아닌 나의 색으로 물든 『안녕』이 상쾌한 아침 공기에 휩싸여 사라졌다.

마치 세상에 받아들여진 것 같아서 나는 이 순간에 큰 기쁨을 느꼈다.

무엇보다 큰 소리를 내는 건 기분이 좋다.

후우~ 하고 하얗게 물든 숨을 내쉬면서 허리에 손을 얹고 눈앞에 펼쳐진 익숙한 길을 바라보았다.

태양에서 뻗어져 나온 빛의 띠가 오렌지색에서 노란색으로. 노란색에서 흰색으로. 이윽고 마지막엔 옅은 하늘색으로 녹아서 펼쳐져 갔다. 밤의 경계선은 끝으로 끝으로 밀리다가 그림자와 동화되었다. 길 구석에 핀 이름 모를 풀이 흔들리며 빛 아래에서 밤안개를 빛나게 만들었다.

이 풍경을 보는 것도 앞으로 한 달이면 끝이다.

다음 봄, 이 길에 벚꽃이 필 무렵이면 나는 아니, 우리는 이 학교를 졸업한다.

그렇게 약간 감상에 젖어있으려니—.

"아카네. 네 목소리 너무 커."

후아아아암, 하고 큰 하품 소리가 그런 목소리를 흔들었다. 걸음을 멈추고 목소리 쪽을 보자 같은 반인 미도 타쿠마가 다가왔다.

보란 듯이 귀를 손으로 막은 모습에 일부러 화낼 정도로 한가하지는 않지만 아무래도 그걸 원하는 것 같아서 찌릿 노려보고 입술을 삐죽였다.

뭐, 약속, 이라고 해야 할까.

"열 명 분의 인사니까. 소리가 큰 건 당연하지."

"아니, 그렇다고 열 배로 큰 목소리를 낼 필요는 없잖아."

"열 배나 큰 소리를 낸 적은 없어. 뭐라는 거야."

"아냐. 열 배는 됐다니까. 봐. 저기 1학년이 얼어버렸잖아."

"뭐? 그럴 리가."

타쿠마의 말에 옆을 보자 교복 칼라에 『I』이라는 핀 배지를 단 남자 아이들과 시선이 딱 마주쳤다. 최소 1년 가까이 고등학생이라는 것을 해왔을 텐데 교복은 반짝반짝했고 얼굴에는 다소 앳된 기운이 남아있었다.

그 어린 얼굴에 당혹스러움이 약간 어려 있었다.

실로 유감이긴 하지만 아무래도 타쿠마 말이 맞는 것 같다.

씨익 웃어서 분위기를 풀어보려 했으나 남자 아이들은 볼을 빨갛게 물들이고 빠른 걸음으로 학교를 향해 가버렸다. 꾸벅 인사하고 뛰어가는 모습이 왠지 귀여워서, 그런 아이를 깜짝 놀라게 했다고 생각하니 미안함이 가슴에 몰려왔다.

"헤헤. 다들 피해서 달아났네."

그 모습을 보고 타쿠마가 밉살스럽게 말했다.

"시끄러워."

정면으로 치면 단추 때문에 주먹이 아프니까 옆구리에 펀치를 날렸다.

물론 진심은 아니다. 가볍다. 그렇다, 평범한 남자 아이라면 윽, 하고 옆구리를 감쌀 정도……

주먹에 그 나름의 느낌이 느껴졌지만 타쿠마는 아파~ 하고 소리만 질렀다. 농구부에서 단련한 복근은 동아리를 그만 두고 다소 시간이 흐른 지금까지 건재한 모양이다.

그러나 농구부 시절에는 항상 갖고 있던 신발주머니도, 커다란 도시락도 이제는 손에 없었다. 동아리 활동은 안 하고 집에 가는 애들처럼 필기용구와 노트 몇 권이 든 토트백만이 들려 있었다.

과거 공을 쥐었던 손바닥은 가방 손잡이로는 어딘가 허전해 보였다.

"가벼워 보이네, 그거."

타쿠마는 이히히 웃으며 어깨에 메고 있던 가방을 가볍게 손가락으로 들어 올려 보였다.

"느껴져? 반년이 지나도 적응이 안 돼."

"느껴져. 나도 그렇거든."

내 가방 안에도 이미 수영복과 물안경과 수건과, 출출할 때 몰래 먹던 간식이 없었다.

　수영부를 은퇴하고 일개 수험생이 된 내게는 필요 없는 것들이기 때문이다.

　"그렇겠지. 기껏 늦잠도 잘 수 있게 됐는데 말야."

　"휴일에도 쉴 수 있고."

　우리는 동아리를 은퇴하고 편해진 것을 하나하나 말하면서 다시 학교로 걷기 시작했다. 긴 것 같으면서도 짧은 통학로는 어느 틈엔가 끝이 보였다.

　"배도 안 고프고."

　"이 추위에 뛰지 않아도 되고."

　"짐도 가볍고."

　"감독님한테 혼날 일도 없지. 수업 중에 안 조니까 지적 받을 일도 줄었고."

　"맞아, 줄었어. 동아리방 청소도 안 해도 되고. 군것질을 안 하니까 용돈도 모이고. 다치지도 않고. 좋은 일들밖에 없네."

　"근데, 말이지."

　"그치?"

　"응."

　우리는 더 이상 말을 잇지 못했다. 딱히 서로를 위로하지도 않고, 그저 앞으로만 나아갔다. 키 차이가 10센티미터 이상 차이나는 나와 타쿠마였지만 같은 것을 보고 있었다.

아프지는 않은데, 코 안이 시큰해져서 눈물이 날 것 같은 이유는 뭘까.

그때, 앞에서 가던 교복 무리 중에 익숙한 뒷모습을 발견하자 심장이 저절로 크게 뛰었다. 단순한 나는 그 순간 허전함도 슬픔도, 겨울의 냉기조차도 어딘가 멀리 쫓아내버리고 말았다.

"여어. 하루."

내가 먼저 발견했는데 인사는 타쿠마가 더 빨랐다.

"그래, 안녕. 타쿠마."

"어이, 하루. 내 말 좀 들어봐. 아까 1학년이 이 녀석을 피했는데……."

타쿠마가 정말로 쓸데없는 소리를 하려 해서 이번에는 진심을 담아 정강이를 걷어찼다.

아야, 하고 소리치면서 폴짝거리는 타쿠마는 꼭 개구리 같았다. 뭔가 하고 싶은 말이 있는 듯 날 노려보았지만 그쪽이 먼저 잘못했다. 굳이 하루에게 알려줄 필요 없는데…….

당연히 나는 타쿠마의 시선을 무시하고 하루에게 생긋 웃어보였다.

하루.

본명은 세가와 하루요시.

나와 타쿠마의 공통 친구다. 그리고 나의─

"안녕, 하루."

"안녕, 아카네. 타쿠마는 뭐 하냐?"

"글쎄? 수험 공부를 너무 많이 해서 돌아버린 거 아냐?"

"너를 무시무시하게 노려보는데."

"원래 저런 얼굴이야. 신경 끄고 얼른 학교 가자."

약간 적극적으로 하루의 교복 끝을 잡았다. 사실은 손을 잡고 싶었지만 역시 그러기엔 용기가 부족했다. 그런데도—.

"야, 아카네. 무슨 일 있어?"

하루가 고개를 갸웃거리면서 물었다.

"무슨 일이냐니 뭐가?"

"아니, 나도 모르니까 물어보는 건데."

"딱히 별 일 없어."

"그래? 그럼 기분 탓인가. 왠지 기운이 없어 보였는데."

과거의 반복처럼 그렇게 말하면서 내 머리 위에 툭 손을 얹었다.

아……, 안 되겠다. 타쿠마와 대화할 때는 전혀 반응이 없었는데, 하루와 얘기를 시작하자마자 움직이기 시작했다.

참을 수 없다. 입 꼬리가 씰룩인다. 왜 이런 말을 아무렇지도 않게 하는 걸까.

하루는 치사하다.

좋아.

정말 너무 좋아.

용기를 조금만 더 내볼까. 하고 손을 뻗으려는데 어느 틈엔가 옆에 와서 소리 없이 히죽거리고 있던 타쿠마와 시선이 마주쳤다. 아차. 완전히 잊고 있었다.

얼굴이 확 빨개졌다. 아마 지금 내 얼굴은 귀까지 빨갛게 물들었을 것이다. 최악이다. 최악이야, 최악.

화풀이인 건 알지만 웃는 타쿠마의 정강이를 한 번 더 걷어 차버리기로 했다. 딱, 하고. 쑥스러움을 감추는 게 목적이니까 아까보다는 아주 약간 살살……

"아야!"

하지만 이번에도 타쿠마는 개구리처럼 튀어 올랐다.

"뭐 하냐?"

하루가 어이없는 듯이 웃었다.

"그게, 방금, 아니지, 아까도 그랬지만. 아카네가—."

"내가 뭐?"

노려보면서 오른쪽 다리를 가볍게 흔들었다.

부웅, 하는 소리가 났다. 타쿠마의 얼굴이 새파랗게 질렸다.

"아무것도 아닙니다."

"그래. 그럼 됐고."

나도 웃었다.

타쿠마도 얼굴을 찡그렸으나 이러니저러니 해도 즐기고 있었다. 입술이 웃고 있으니까.

응. 지금은 아직 몰라도 돼.

의외로 이런 관계도 즐겁다. 고등학교 3학년, 그 마지막 한 달.

나는 친구인 세가와 하루요시를 좋아하고 있었다.

꽃

중학교에 올라감과 동시에 수영부에 들어갔다.

수많은 스포츠 중에서 수영을 택한 것에 딱히 대단한 이유는 없었다. 하지만 굳이 꼽으라면 헤엄치는 것을 좋아한다는, 아주 단순하면서도 가장 중요한 이유가 있었다.

수영부는 기본적으로 늦봄부터 초가을에 걸쳐 학교 수영장에서 연습을 하지만, 그 외의 반년간은 육상부의 훈련과 대체로 비슷했다. 수영을 한다는 건 무척 힘들어서 체력과 근력 모두 길러야만 했다.

2학년, 3학년은 육상부와 같이 운동장을 썼고, 1학년인 우리는 육상부 1학년과 같이 학교 밖을 빙글빙글 돌았다.

여름의 더위가 가신 가을 하늘은 높아서 손을 아무리 뻗어도 닿을 것 같지 않았다.

그때 내게 말을 걸어온 게 하루였다.

첫인상은 솔직히 별로 좋지 않았다.

하루는 계속 기분이 나쁜 듯 달리고 있었기 때문이다. 무엇보다 육상부 주제에 나보다 뛰는 게 느렸다. 아니, 아닌가. 그때의 하루는 뛰는 것에 집중하지 않았던 게 틀림없다. 다른 것에 정신이 팔려 있었다.

내가 다섯 바퀴 정도 학교 밖을 뛰었을 때 하루를 포함한 꼴찌 그룹을 추월했다.

"왜 이리 늦어, 소네."

"아카네가 너무 빠른 거야. 육상부까지 합쳐도 일등이잖아."

"헤헤. 아직 여유 있어."

수영부 친구에게 브이를 그려 보이며 더욱 스피드를 올렸다.

"그럼 먼저 간다."

순식간에 그들은 뒤로 밀려났다. 약간의 우월감. 내겐 장거리 달리기 재능까지 있을지도 몰라, 하고 으쓱한 것이 잘못이었을까.

갑자기 오른쪽 무릎이 욱신거렸다.

처음엔 약간의 위화감 정도라서 살짝 스피드를 떨어뜨리면 달리는데 문제는 없었다.

하지만 그건 곧 통증으로 변했고 이윽고 뛰지 못할 정도로 내 기력을 깎아갔다.

하지만 다행히도 걷지 못할 정도는 아니라 어쩔 수 없이 걸어서 앞으로 갔다. 나는 패배를 인정하는 것도, 도중에 멈추는 것도 좋아하지 않는다.

한계까지 나아가. 어쩔 수 없었다, 싶은 지점까지 분발해.

그러다 푹 쓰러지지 않는 이상 지는 걸 싫어하는 나는 몇 번이고 일어나곤 했다.

어리석다는 건 알지만 원래 그런 성격이다.

"어, 아카네. 왜 그래? 역시 너도 더위 먹은 거야?"

한참 있으니 아까 제쳤던 그룹이 이번에는 반대로 나를 추월해갔다.

"아냐, 소네가 너무 늦어서 기다려주려고. 자, 얼른 쫓아와."

"젠장, 딱 기다려~."

"응~. 기다리고 있을게~."

목소리와 함께 친구의 등이 멀어졌다. 고깃집 모퉁이를 지나 모습이 사라졌다. 아무래도 들키진 않은 모양이다. 안도의 한숨을 휴 내쉰 순간 저기, 하고 부르는 소리에 놀라서 몸이 움찔 떨렸다. 심장이 벌렁벌렁 빠르게 뛰었다.

"꺅, 네?"

"괜찮아? 무릎 아픈 것 같은데."

말을 건 것을 꼴찌 그룹에서 얼굴을 팍 구긴 상태로 뛰던 남자 아이였다. 이상한 비명을 지른 게 부끄러워서, 크흠 하고 크게 헛기침을 했다.

"······그런 거 아냐. 음, 그."

"4반 세가와 하루요시. 다들 하루라고 불러."

"하루, 구나. 알았어. 난."

"알아. 1반 린도지?"

"그냥 아카네라고 불러. 나도 하루라고 부를 테니까."

"그래. 아카네, 무릎 아픈 거 맞지?"

"아니라니까."

"정말이야?"

"정말이야."

"······고집이 세네."

중얼거리는 그 말을 놓치지 않았다.

"응? 방금 뭐랬어?"

"아니, 아니야. 그나저나 큰일이네. 이런 타입은 남의 말을 안 들으니까. 아야. 뭐하는 거야."

"방금 일부러 나 들으라고 한 말이잖아."

불평을 하면서 어깨를 두드리는 걸로 그쳤다. 아무리 나라도 초면이나 다름없는 사람을 전력으로 팰 만큼 뻔뻔하지는 않다.

"그럼 무슨 일일까."

그렇게 시치미를 떼면서 쪼그려 앉은 하루는 손에 새빨갛게 물든 단풍 하나를 들고 일어나더니 말했다.

"이거, 예쁘지?"

"그러네."

나도 모르게 순순히 고개를 끄덕이고 말았다. 그 말 그대로였기 때문이다. 그것에 만족한 듯 미소 지은 하루는 그대로 내 머리 위를 가리켰다. 하루 손에 들린 빨간 잎을 눈이 자연스럽게 따라가서 나 역시 하늘을 올려다보았다.

언제부턴가 무릎 통증 때문에 아래만 보고 달렸던 모양이다. 그래서 그는 아까운 짓을 했다고 알려준 것이다. 왜냐면—.

고개를 드니 이렇게 아름다운 세계가 기다리고 있었는데.

하늘하늘 춤추는 나뭇잎 하나하나가 저녁노을을 도려낸 것처럼 선명한 빨간색으로 물들어서, 연하늘색 하늘과 대조되어 돋보였다. 우와, 하고 흘린 감탄사는 딱히 의식하고 낸 건 아니었다.

정신을 차려보니 난 걸음을 멈추고 그날 동아리가 끝날 때까지 내내 세가와 하루요시라는 남자 아이와 이야기를 나누고 있었다.

딱히 대단한 이야기를 한 건 아니다. 단풍의 아름다움과 동아리에 대한 불평, 선생님에 관한 소문 등이었다. 하지만 솔직히 즐거웠다.

소네랑 얘기하는 것과 비슷할 정도로……

아니, 어쩌면 그 이상으로……

무릎의 통증도 어느 틈엔가 잊고 있었다.

"내일은 좀 더 자기 페이스를 지키면서 뛰어."

그의 서투른 다정함을 깨달은 건, 저녁 어둠 속으로 사라진 하루가 그런 말을 남겼기 때문이다.

계절은 바뀌고 시간이 쌓여갔다.

언제부터인가 내 눈이 하루를 좇고 있음을 깨달았다.

그는 약간 특이한 남자 아이였다.

언동이라든가 행동이라든가 얼굴이라든가. 물론 그런 건 아니다. 다만 사람들 그룹 안에 있어도 선을 하나 긋는 느낌이라고 할까. 꾸민 듯한 미소를 짓고 즐거운 척을 하지만 아무에게도 관심 없다는 얼굴을 하고 있었다. 아무도 모르겠지 라고 생각하면서 내게 들킨 것도 모르고 있었다.

그러나 하루는 변해갔다.

꾸민 듯한 미소는 점점 줄어들었고 자기 의견을 말하게 되었다.

원래 갖고 있던 다정함과 솔직함이 표면으로 드러나게 되었다.

그렇게 되었을 때는 이미 틀렸다.

나는 하루를 좋아한다는 것을 인정하고 말았다.

뭐, 유일하게 불만이 있다면 휴일이나 방과 후에 잘 어울려주지 않게 된 것 정도일까.

대체 혼자서 뭘 하는 걸까.

✳

수험생인 우리의 하루는 대부분 자율학습으로 끝났다.

하루에게 같이 집에 가자고 말해볼까 생각했지만 종이 친 지금까지도 여전히 못마땅한 표정으로 참고서와 씨름하고 있어서, 내일 보자는 말만 남기고 학교를 나섰다.

조용한 학교와는 대조적으로 운동장에서 들리는 건 후배들의 구호. 약간 피곤한 듯 하면서도 그 안에 열기가 깃든 목소리가 오늘은 어쩐지 가슴을 찔러서 약간 따끔거렸다.

헐벗은 나무들은 추위를 견디기 힘들다는 듯 그 가지 끝을 흔들고 있었다. 잎이 무성해질 때까지, 꽃이 필 때까지, 아직은 좀 더 참아야 한다는 건 틀림없이 나도 마찬가지이리라.

차가운 바람이 통하지 않도록 칭칭 둘러맨 목도리를 더 꽁꽁 동여매고 정문까지 오자, 학생 몇 명이 걸음을 멈추고 뭔가 이야기를 하는 모습이 보였다. 뭘까.

다들 얘기를 하고 있어서 목소리가 섞이는 바람에 말이 제대로 들리지 않았다.

"무슨 일이야?"

어쩔 수 없이 제일 가까이 있던 후배 같은 남자 아이에게 물어보았다. 아무래도 그는 나를 아는지 「리, 린도 선배」 하고 놀라서 큰 소리로 외쳤다.

"맞아, 린도 선배야. 안녕. 무슨 일인데, 사고라도 났어?"

"아니, 그게. 저기, 저 사람이요."

실제로 보는 게 빠를 거라고 판단한 걸까. 그는 『저 사람』 쪽으로 시선을 돌렸다. 내 시선 역시 그를 따라갔다.

확실히 그 모습을 한 번 본 것만으로도 상황 파악은 쉽게 되고 말았다.

정문에서 약간 떨어진 곳에 그녀는 혼자 서 있었다. 손에는 핑크색 책갈피와 하드커버 책. 소매에 살짝 가려진 가느다란 손가락이 페이지를 넘기고 있었다.

하늘하늘한 긴 머리카락. 큼직한 이목구비도, 위치도, 여기가 딱이다 싶을 정도로 완벽하게 정돈된 얼굴. 약간 헐렁한 재킷은 그녀의 몸을 실제보다 작아 보이게 해주었다.

냉기 때문에 빨개진 볼이, 귀 끝과 코 끝이 그녀가 오랫동안 거기 있었음을 말해주고 있었다.

아마 계속 혼자서…….

나를 포함한 모든 사람이 그녀를 멀리서 보는 것밖에 못한다는 것이 그 증거였다. 도를 넘어선 아름다움이라는 건 다른 사람을 압도하고 다가오지 못하게 한다는 걸 처음 알았다.

그녀에게 말을 걸려면 엄청난 용기가 필요하거나, 아니면…….

내 마음을 떨리게 하는 이유가 필요했다.

그런 식으로 그녀를 바라보고 있으니 누군가 이름을 불렀다.

"어? 아카네 선배네. 안녕하세요."

그 목소리에 내가 걸어왔던 방향인 문 안쪽으로 고개를 돌렸다. 목소리의 주인공은 현재 수영부 부장인 미야였다. 붙임성 좋은 미소를 짓고 손을 하늘하늘 흔들었다.

"어라, 미야네. 오랜만이야~."

"이 사람들 다 뭐예요?"

"응. 그건 이미 했으니까 됐어."

"네?"

미야는 멍하게 입을 벌리고 이상하다는 듯 고개를 갸웃거렸다.

그런 그녀 옆에는 심약해 보이는 소녀가 한 명. 안쪽으로 컬이 말린 머리카락과 약간 처진 눈. 틀림없이 1학년이고 이름이, 음. 그래. 마츠마에였다.

"안녕."

마츠마에에게도 생긋 웃어보였다.

"아, 네. 안녕하세요. 린도 선배."

"아카네 선배. 집에 가시는 거예요?"

"응."

"그럼 같이 가요. 우리는 이대로 아리아에 가려고요. 아카네 선배 집도 같은 방향이었죠?"

아리아 스포츠클럽은 피트니스나 사우나가 딸린 온천 등이 있는 복합 스포츠 시설이다. 그 설비 중 하나인 실내 온수풀을 겨울 동안 우리 수영부가 교대로 쓰고 있었다.

아무래도 오늘은 이 두 명의 차례인가보다.

"맞아. 좋아. 마츠마에도 나랑 같이 가는 거 괜찮아?"

새빨간 얼굴로 고개를 끄덕인 마츠마에는 작은 동물 같아서 아주 귀여웠다.

"그래, 그럼 갈까."

마지막으로 그 아름다운 사람을 힐끔 봤다.

다른 이를 기다리는 걸까, 이윽고 그녀는 아주 해맑게 웃었다. 동성인 나조차도 녹아버릴 것 같은 그 얼굴에, 남자 아이라면 홀딱 반하겠다고 속없이 생각했다.

그 시선 끝에 누가 있는지도 모른 채…….

기분 전환 삼아 나도 아리아에 들르기로 했다.

오랜만에 얼굴을 비추어서 그런지 접수 카운터의 와타라이 아저씨가 반갑다는 듯이 활짝 웃었다.

중학교 시절 수영부에 가입했을 때부터 다녔으니 벌써 6년이나 알고 지냈나. 덕분에 서로에게 거리낌이 없었다. 그게 좋은지 나쁜지는 별개로 치고…….

"어이쿠 이런, 너무 오랜만이잖아. 좀 더 자주와. 아카의 수영복 모습을 보지 않으면 의욕이 영 안 생긴다고."

"아저씨, 그거 성희롱이에요!"

내 반응에 아저씨는 와하하하 하고 안 그래도 큰 입을 더욱 크게 벌리고 웃었다.

"그런 차가운 눈이 사람을 미치게 한다니까. 마츠한테 하면 새빨 개져서 고개만 숙인다고. 그러면 정말 성희롱한 기분이잖아."

"마츠라면 마츠마에요? 자주 와요?"

"그럼. 요즘 매일 와. 동아리 차례가 아닐 때는 좀 늦게 와서 수 영하다 가지. 마치 예전의 누군가처럼."

"그렇구나. 빨라요?"

"빨라. 아니, 빨라졌지. 지금이 제일 즐거울 시기일 거야. 접영이 랑 자유형은 미야도 상대가 안 될 걸."

"그렇구나."

"시험해볼래?"

"네?"

"왠지 그런 얼굴을 하고 있어서."

"음. 그러게요."

솔직히 대답하기로 했다.

"그럼 수영해봐."

"하지만, 저 일단은 수험생이고, 이미 은퇴하기도 했고요."

접수장 옆에 놓인 샤프를 들고 돌려보았다. 그건 내 마음처럼 손 의 측면에서 흔들흔들 흔들리는 걸 멈추지 않았다.

"그런 걸로 납득할 수 있는 성격이 아니잖아. 그리고 가스를 빼 는 것도 중요해. 뺄 때는 빼고 시원해져야지."

이렇게 말하고 역시 와하하하 웃는 아저씨를 보며 나는 성대하게 한숨을 쉬었다.

"저기요, 아저씨. 그거 진짜 성희롱이거든요."

하지만 그 덕에 어깨의 힘이 빠진 것도 사실이었다. 나는 돌리던 샤프를 멈추고 꽉 쥐었다.

실내 수영장에는 독특한 분위기가 있다.

일단 공기가 수분을 듬뿍 머금고 있는 느낌이었다. 그게 피부에 들러붙어 약간 끈적인다. 그리고 염소 냄새가 진하다. 그런 걸 싫어하는 사람이 있다고 들은 적이 있지만 적어도 나는 싫지 않았다.

경주용 수영복을 빌려서 갈아입자 심장이 쿵쾅거리기 시작했다. 아아, 이거다, 이거. 이 느낌. 난 역시 수영을 좋아했어. 그리고 시간을 충분히 들여 꼼꼼하게 스트레칭을 했다. 근육을 늘리고 오늘 컨디션을 체크한다. 좋아, 느낌 좋군.

내가 스트레칭을 마침과 동시에 수영장 안에서 미야가 얼굴을 내밀었다.

참방 물이 튀어서 발끝이 젖었다.

"어, 아카네 선배. 수영하시게요?"

"응. 마츠마에가 빠르다면서. 미야가 졌다던데?"

그렇게 묻자 미야는 당황하지도, 부끄러워하지도 않은 채 그냥 거기 있는 현실만을 제대로 받아들이고 대답했다.

이런 아이라서 나는 이 아이를 다음 부장으로 추천했다.

"네. 졌어요. 맛츠, 엄청 빨라요."

"나보다?"

"아무리 그래도 전성기의 선배에겐 못 미치는 것 같은데. 그래도 요 몇 달 동안 누구보다 열심히 했고, 누구보다 성과를 올린 건 사실이에요."

"응."

"아카네 선배는 최근 몇 달 동안 물에 안 들어갔잖아요?"

"응."

"그리고 승부는 해보기 전까진 모른다고 한 건 아카네 선배잖아요."

"응."

"그러니까 전 대답 못 해요."

"그렇구나."

충분했다.

적어도 2년 동안 나를 따라준 후배가 그렇게 말할 정도로 마츠마에의 실력은 진짜인가보다.

나, 그리고 미야.

둘이서 혼자 계속 수영하고 있는 마츠마에를 쳐다보았다. 교본대로 깔끔한 자세였다. 그녀의 성실한 성격이 잘 드러났다.

이윽고 그 손이 수영장의 끝을 터치했다. 물을 떨쳐버리듯이 얼굴을 좌우로 흔들고 물안경을 벗은 마츠마에가 우리의 시선을 느꼈는지 고개를 갸웃거렸다.

"왜, 왜 그러세요, 선배들."

"저기, 마츠마에. 나랑 승부하자."

"네?"

"네, 가 아니라 승부 말야, 승부."

주먹을 불끈 쥐고 내밀자 마츠마에는 아까보다 더 요란하게 고개를 저었다. 그 모습이 꼭 물을 뒤집어 쓴 강아지 같았다.

"무리예요. 무리무리무리무리."

백 번 정도 무리라고 말하는 마츠마에를 물에서 끌어올려 강제로 스타트대에 세웠다. 몸을 바들바들 떨면서 당장에라도 울 것 같은 얼굴을 한 그녀에게는 약간 잔인하지만, 미야가 비장의 카드를 뽑는 바람에 달아나지도 못하게 됐다. 즉『부장 명령』이라는 것이다.

그나저나—.

나란히 서보아도 여전히 마츠마에는 심약한 후배로밖에 보이지 않았다.

강한 사람이라는 건 독특한 분위기가 있는 사람을 말하는 건데, 물론 배틀 만화도 아니니 오라라든가 전투력이 보이는 건 아니다. 실력이 뒷받침된 자신감이 상대를 얼게 만드는 것이다.

마츠마에에게는 그런 게 하나도 없었다.

"미안, 억지로 시켜서."

"아니에요, 그……."

"그래도 최선을 다할 거야."

"저어, 린도 선배."

"왜?"

마츠마에는 각오를 다진 건지 약간 표정을 다잡았다.

"아뇨, 으음, 저도 열심히 할게요."

준비, 미야의 목소리가 메아리친다.

나랑 마츠마에는 동시에 몸을 숙였다.

그제야 겨우 나는 지금부터 싸울 상대의 성격을 깨달았다. 아직 그녀는 자신감이 넘쳐흐르지는 않는다. 그래도 수영한다는 것에 대해 어디까지나 진지하게 집중하고 있었다.

지금의 그녀에겐 이미 내 존재 같은 건 안중에도 없을 것이다. 내가 마지막의 마지막까지 이기지 못한 라이벌 중 몇 명이 마츠마에와 같은 눈빛을 한 사람이었음이 떠올랐다.

어떡하지, 압도된다.

그렇게 느낌과 동시에 미야가 외쳤다.

"출발."

오랜 경험으로 몸은 움직였지만 집중을 제대로 못해서 베스트 타이밍을 놓치고 말았다. 입수 각도도 나빴다. 첨벙 하고 뛰어드는 바람에 생긴 물거품이 내 몸에 들러붙었다가 떠올랐다.

200미터 자유형이다.

50미터를 두 번 왕복하면 끝. 나는 마츠마에의 뒤를 황급히 쫓아갔다. 거리가 벌어지진 않았지만 좁아지지도 않았다. 첫 번째 턴. 빙글 몸을 돌려 벽을 찼다. 맨 발바닥이 찌잉 아팠다.

아무래도 마츠마에는 턴이 약간 서툰지 거리가 살짝 줄어들었다.

100미터, 150미터.

물을 가르고 발을 찼다.

마지막 턴을 마치고서야 겨우 마츠마에와 나란히 가게 됐다.

힘들다. 몸이 산소를 원한다.

여유라곤 전혀 없었다.

최선을 다하겠다고 했지만 이렇게까지 진심이 될 줄은 생각도 못했다. 그리고 진심이기에 이기고 싶었다.

골이 보인다.

앞으로 15, 아니. 10미터.

아직 호각이다.

모르겠다.

마지막 호흡을 약간 크게 한 나는 라스트스퍼트를 올렸다. 필사적으로 열심히 손을 뻗었다. 그 순간 물 안에서 나와 마츠마에의 시선이 잠깐 마주쳤다. 아니, 마주치고 말았다고 해야 하나……. 마츠마에는 같이 수영하는 다른 사람의 존재를 깨닫고 만 것이다.

고작 그것만으로 마츠마에는 평소의 소심한 소녀로 돌아가고 말았다.

"골."

미야가 소리쳤다.

물에서 얼굴을 내밀었다.

수모와 수경을 벗었다. 천장의 노란색 불빛이 눈 안에 스며들어 흔들렸다.

내가 이겼다.

하지만 전혀 이겼다는 기분이 들지 않았다.

마츠마에가 마지막 순간, 힘을 빼고 말았기 때문이다.

수영장에서 올라와서 거친 숨을 정리할 틈도 없이 일단 마츠마에에게 고개를 숙였다.

"미안."

미야는 갑자기 내가 후배에게 고개를 숙이자 어찌해야 좋을지 몰라 안절부절못했다. 하지만 마츠마에에겐 제대로 전해진 모양이다. 그 아이 역시 내게 고개를 숙였다.

"아니요. 저야말로 죄송했습니다."

우리 두 사람의 머리카락에서 커다란 물방울이 떨어지며 풀사이드에 새까만 반점을 만들었다. 계속 같은 자세라 물이 떨어지는 곳도 같아서, 점점 검은 점이 우리 감정처럼 퍼져가는 것이 느껴졌다.

한심하고 부아가 치밀었다.

멋대로 힘을 뺀 마츠마에에게는 물론, 무엇보다 후배에게 그런 짓을 시킨 나 자신에게…… 최악이다.

그래서 한참 후 고개를 들고 이렇게 말했다.

"일주일만 시간을 줘. 한 번 더 승부하자."

"네? 네? 하지만 선배 수험생이잖아요. 2차까지 한 달밖에 안 남았는데……."

미야만 계속 안절부절못했다.

"제발."

한 번 더 고개를 숙였다.

이번만큼은 명령으로는 안 된다. 나는 부탁하는 입장이다.

그러니 그 아이가 알았다고 할 때까지 계속 고개를 숙이고 있을 수밖에 없다.

얼마나 시간이 흘렀을까.

아마 1분도 지나지 않았겠지만······.

"얼굴 드세요."

시키는 대로 마츠마에를 봤다.

"저야말로 부탁드립니다."

그렇게 말하고 고개를 숙인 그 아이가 어딘가 슬퍼 보여서 내 열기는 한층 더 뜨겁게 타올랐다.

일단은 근육 트레이닝 양을 전과 같은 양으로 되돌렸다.

학교는 자유 등교라서 오전 중에는 수영장에 갔다.

아저씨는 수험을 걱정했지만—.

"뺄 때는 빼주지 않으면 후련해지지 않는다면서요. 그런 상태로 어떻게 집중해요."

이렇게 대답하자 쓴웃음을 짓고 사물함 열쇠를 건네주었다.

물론 말할 필요도 없이 공부도 확실하게 했다. 동아리를 은퇴한 후로 기르기 시작한 머리 손질도 빼놓지 않았다.

타쿠마도 그랬으니까. 하루는 머리 긴 여자를 좋아한다고······.

운동도, 수업도, 그리고 사랑도.

나는 무엇 하나 양보할 마음이 없었다.

그런 식으로 순식간에 일주일이 지나갔다.

처음부터 정해둔 대로 그날 오전에는 충분히 잠을 잤다. 거의 12시간쯤 자지 않았을까.

점심은 엄마에게 일부러 돈가스를 해달라고 했다. 밥을 두 공기나 먹고 학교로 갔다.

자율등교 기간 중의 3학년 교실은 오늘도 3분의 1정도밖에 안 차 있었다. 1, 2층의 소음과는 달리 어쩐지 찌릿찌릿한 3층 공기에 피부가 따끔했다.

오늘도 하루 앞 자리 아이가 오지 않아서 옳다구나 하고 그 의자에 앉았다.

"좋은 아침~. 하루."

"좋은 아침이라고 할 만한 시간은 아니지. 안녕, 아카네."

"윽. 하루는 너무 까다로워."

"아카네가 너무 대충인 것 같은데."

하루가 영단어장에서 고개도 들지 않고 대답했다. 으~음. 남자 주제에 나보다 눈썹이 길다니, 뭐 이런 경우가 다 있담. 가만히 내가 좋아하는 사람의 얼굴을 들여다봤다. 아, 하품한다. 약간 못생겨졌다. 하지만 그런 걸로는 전혀 마음이 흔들리지 않았다.

"뭐야, 졸려?"

"조금. 아카네는 어때? 요즘 바쁜 것 같던데."

"오늘은 괜찮아. 푹 잤어."

"그래. 저기, 아카네."

그제야 하루가 고개를 들었다.

그가 나를 봤다.

너무 갑작스러워서 깜짝 놀랐다.

"뭐, 뭐야?"

"힘내."

"……내가 뭐 하는지 알아?"

"아니. 네가 아무 말도 안 했잖아. 그러니까 난 몰라도 되는 일이겠지."

"그럼 왜?"

"오래 알고 지냈으니까. 그냥 알 것 같아. 오늘 무슨 일 있지? 그리고 단순한 넌 그 한 마디로도 힘낼 수 있을 거야. 전에 그런 말 했잖아. 그래서 하는 말이야. 아무튼 내가 할 수 있는 건 그 정도밖에 없으니까."

하루가 다정하게 웃었다.

가슴이 뜨거워졌다.

열심히 하는 모습을 봐주었다. 응원해준다.

무엇보다 그 여름의 일을 기억해준 게 기뻤다. 내가 하루를 좋아하게 된 날의 일.

조금 욕심을 부려 같은 말을 졸랐다.

"……한 번 더."

"힘내."

"한 번만 더."

"힘내. 힘내, 아카네."

"응, 나만 믿어."

가슴을 탁 쳤다.

그래.

하루의 응원이 내 등을 밀어주는 한 나는 절대 지지 않아. 그도 그렇게 사랑하는 여자는 무적이거든.

저녁이라 그런지, 겨울이라 그런지 오늘도 수영장에는 사람이 얼마 없었다. 근처의 잘 아는 아주머니 두 명이 수영장 워킹존에서 이야기를 나누며 걷고 있는 정도였다.

그걸 무심하게 보면서 평소처럼 근육을 늘렸다. 양팔, 어깨, 목과 허리. 허벅지와 발목. 비틀고 구부리고 늘리고. 이러는 것만으로도 피가 더는 못 기다리겠다는 듯이 뜨거워지기 시작했다.

하지만 아직 안 된다. 진정해, 기다려, 하는 마음으로 달랬다.

"안녕하세요."

날 발견한 미야가 수영장 가장자리를 걸어왔다. 몸 라인을 따라 물방울이 흐르더니 땅으로 떨어졌다. 새까매진 미야의 발자국은 먼 것부터 말라서 사라져갔다.

"일부러 미안해."

"무슨 말씀이세요. 저는 선배 팬인걸요. 무슨 말이든 편하게 하세요."

너무 귀여운 말을 해주는 후배의 어깨를 가볍게 두드렸다. 무슨 소리야, 라고. 새삼 부끄럽잖아.

"그래서, 몸은 어때요?"

"감은 되찾은 것 같아. 몸도, 적당히 움직여."

발끝으로 물 표면을 살짝 찔렀다.

그게 기점이 되어 파문이 퍼져갔다.

같은 간격으로 퍼져가다가 어느 정도 커지자 원은 사라지고 말았다. 그것들이 전부 사라지는 것을 지켜본 후, 그제야 미야의 뒤에 있던 그 아이에게 말을 걸었다.

"그렇지? 마츠마에."

그 아이의 표정은 오늘도 딱딱했다.

그리고 자신 없어 보이는 것도 여전하다.

하지만 한 가지 달라진 건, 그 아이는 내 시선을 피하지 않았다는 것이다. 똑바로 마주보았다.

"저 린도 선배를 동경해서 수영부에 들어왔어요."

"응, 알아."

겸손 떨지 않고 고개를 끄덕였다. 그런 아이는 매년 몇 명씩 있었다. 그리고 나는 그런 아이들의 기대에 부응해왔다. 적어도 지금까지는……. 그러니까 이번에도…….

"전에는 실망시켜서 미안해."

일부러 단정적으로 말했다.

"하지만 오늘은 다를 거야. 괜찮아. 오늘의 나는 좀 강해. 그러니까 안심해. 네 동경심은 틀리지 않았다는 걸 제대로 보여줄 테니까."

웃어.

오만하게, 자신만만하게 웃어.

전국 대회에서 만난 몇몇 라이벌들이 그랬던 것처럼 자신감을 뽐내.

약간 젖어 있는 스타트대에 섰다.

피는 아직도 차갑다.

아직.

아직.

아직, 조금 더.

"준비."

미야가 크게 말했다. 그날처럼 메아리쳐서 사라져갔다.

아직.

아직.

아직.

"출발."

동시에 미야의 목소리가 내 안에서 하루의 목소리와 겹쳤다. 힘내, 아카네.

지금!

일제히 몸의 회로를 열었다.

순식간에 피가 뜨거워졌다.

완벽한 타이밍에 나는 스타트를 끊었다.

그 후—.

우리는 아리아 근처의 오코노미야키 가게에서 『수영부 스페셜』이라는 우리 부 전통의 오코노미야키를 주문했다. 시합 후에 항상하는 행사 같은 것이다.

돼지고기와 소고기, 어패류가 잔뜩 들어간 반죽에 소스와 마요네즈를 뿌리자 치익 소리를 내면서 좋은 냄새가 퍼져나갔다.

아아, 못 참겠어.

나는 잔뜩 먹었고 마츠마에는 더 잔뜩 먹었다. 엄청난 양이었다. 평소 연습량밖에 못 채운 미야는 돼지고기 오코노미야키를 주문했다.

"그나저나 역시 선배네요."

시합은 내 압승이었다. 아마 10미터 정도 차이나지 않았을까.

"그쯤이야."

마츠마에는 젓가락을 멈추지 않았다. 입에 넣는다. 씹는다. 아직 입안에 조금 남아있지만 그 다음 한 입을 넣는다. 씹고, 씹고, 씹는다. 가끔 물을 마신다. 그리고 또 먹는다. 마치 나와의 대화를 거부하는 것처럼……

틀림없이 받아들이기 힘들 것이다.

최선을 다 하고도 졌다는 사실을, 처음으로 싹튼 분하다는 마음을……

그러니 이걸로 됐다고 생각한다.

응. 내 일주일분의 노력은 이제야 겨우 보상받았다.

나는 그렇게 납득했지만 미야는 그렇지도 않은 모양이었다. 한숨을 쉬면서 마츠마에의 뒤통수를 꽉 움켜잡았다. 마츠마에는 깜짝 놀라서 어깨를 움찔했다. 그리고—.

두 사람은 동시에 고개를 숙였다.

오코노미야키를 볼이 미어져라 욱여넣고 한 손에 뒤집개를, 다른 한 손에 젓가락을 쥔 채 눈을 깜빡이는 마츠마에의 모습이 완전히 얼간이 같아 보였다.

"고맙습니다."

미야는 그렇게 말하고 고개를 들었다. 아무래도 오래 알고 지낸 미야는 내 오지랖을 알아차린 모양이다.

멋있게는 잘 안 되는구나.

"글쎄, 무슨 말인지."

하지만 나는 예전에 누군가가 그랬던 것처럼 시치미를 떼면서 오코노미야키를 잘라 먹었다.

미야도 더 이상 아무 말 하지 않았다.

오늘 내가 수영한 것은 반 정도는 마츠마에를 위해서였다. 착각하지 않았으면 한다. 반이다. 나머지 반은 나 자신을 위해서 한 것이다. ……정말이라니까.

만약 마츠마에가 정말 순수하게 수영을 좋아할뿐, 그 누구하고도 경쟁할 마음이 없었다면 쓸데없는 짓이었지만…….

하지만 그게 아니라는 건 알고 있다.

처음 어깨를 나란히 했을 때는 착각했으나 처음부터 이 아이는 나를 동경해서 입부했다. 다른 사람의 존재를 허용했고 누군가와 경쟁한다는 목적을 가지고 있는 사람이다.

이 아이는 고독하지도, 고고하지도 않다.

그렇다면 언젠가 이 아이는 경쟁하는 측으로 올 것이다. 다만 만약 그대로 놔둔다면 틀림없이 이 아이는 조만간 동아리 활동을, 수영을 그만둘 것이다.

어쩌면 오늘 승부에 각오를 다지고 왔을지도 모른다.

사람이란 어느 정도 목표로 하고 있던 것에 가까워지면 만족해버리니까. 마츠마에는 일주일 전 그날 나에게 이길 뻔했던 그 순간, 만족해버렸을 것이라 생각한다. 하지만 그걸 거부한 그 아이는 무의식중에 브레이크를 걸었다. 그 결과가 이전의 결과다.

마음은 안다.

왜냐하면 연습은 힘드니까.

계속 분발하려면 무언가가 필요했다.

동경의 대상에게 다가가고 싶다든가, 대회에서 우승하고 싶다든가.

좋아하는 사람이 응원해줬기 때문이라든가.

사람이란 고작 그것만으로도 다시 앞을 볼 수 있다. 난 그걸 직접 겪어봐서 알고 있다.

그러니 오늘의 난 그 계기를 만들어준 것에 불과하다.

네 우상은 아직 먼 곳에 있다고. 힘내서 따라오라고.

저 멀리까지 달리라고.

그건 언젠가 중학생이었던 소년이 동급생 여자 아이에게 바랐던 것이다.

나는 선배로서, 같은 바람을 후배에게 맡겼다.

두 사람과는 오코노미야키 가게 앞에서 헤어졌다.

해는 완전히 졌지만 왠지 그대로 집에 갈 마음은 들지 않았다. 어슬렁어슬렁 역 방향으로 가보았다.

사실 아까부터 계속 망설이고 있었다.

하루에게 결과를 보고하고 싶다고……

하지만 사정을 잘 모르는 하루에게 보고해도 될까. 그래도, 그래도 열심히 했단 말이야 정도는 말해도 되지 않을까. 근데, 근데 공부하는 중이면 미안한데.

이랬다 저랬다 이랬다 저랬다.

계속 갈등하면서 동네를 계속 걸어 다녔다. 규동 체인점의 노란색 불빛. 귀갓길의 고등학생들이 모여 있는 편의점 주차장. 드라이브스루 줄이 늘어서 있는 건 햄버거 가게였다.

손안의 연두색 스마트폰을 꽉 움켜쥐고 아마 30분은 걸었을 것이다.

우물쭈물 사랑하는 소녀 ─ 사실, 그렇지만. 뭐 불만이라도 있어? ─ 같은 고민을 하던 나는 겨우 마음을 굳혔다.

아아, 정말. 나답지 않다.

아까부터 몇 번이나 열었다 닫았다를 반복하던 전화번호부에서 목적이었던 이름을 불렀다.

"세가와 하루요시."

나에게 세상에서 딱 하나뿐인, 특별한 사람의 이름.

그의 이름을 만지자 그것만으로도 심장이 뛰었다. 화면이 바뀌면서 11자리 숫자가 나타났다. 여기서 한 번 더 터치하면 나와 하루는 이어진다.

에에잇, 될 대로 돼라.

하지만 두근거리면서 건 전화는 연결되지 않았다. 뚜르르 하는 신호음만이 계속 들릴 뿐이었다.

아쉬운 것 같기도 하고 안심되는 것 같기도 하고…….

그 갈등은 뭐였을까. 뭐, 하지만 안 받으니 어쩔 수 없지.

갈 곳 없던 감정을 둘 곳을 찾아서 조금은 후련해졌다.

응. 역시 일단은 엄마에게 알려야지.

좋아하는 카레를 만들어 달라고 하자. 어디선가 카레 냄새가 나는 것 같아서, 오코노미야키를 먹은 지 얼마 되지도 않았는데 입안이 카레로 가득 찼다. 카레, 카레, 점심에 먹은 돈가스가 남아있으면 돈가스 카레. 이런 자작 노래를 흥얼거렸다.

마음이 들떴다.

하지만 세상은 잔혹하게 현실을 내 앞에 들이밀었다.

그 모습을 발견한 순간 걸음이 멈추고 말았다.

몇 십 명의 인파 속에 있어도 나는 그 사람을 바로 찾을 수 있다. 그래, 지금도…….

하루가 있었다.

혼자가 아니었다.

본 적이 없을 정도로 예쁜 여자 아이와 함께였다.

하루가 좋아한다는 찰랑거리는 긴 머리.

여자 아이가 하루에게 뭔가 말한다. 토라진 척 한다. 척인 것을 모르는 하루는 난처한 듯 손을 모아 빌고 사과한다. 여자 아이의 눈초리는 여전히 올라가 있었다. 하지만 삐죽거려야 하는 입술은 어느 틈에 부드럽게 웃고 있었다. 둘이서 웃는다. 그래. 무척 행복한 듯이……

마치 기적 안에 있는 것처럼……

그곳에는 내가 바라는 모든 것이 있었다.

모르겠다.

그런 하루를 나는 처음 봤다.

누가 머리 위에서 냉수를 끼얹은 것처럼 비참하고 분하고. 슬프고……

몇 개의 감정이 복합적으로 뒤섞여서 목소리조차 나오지 않았다. 아아, 그래도 아직 늦진 않은 걸까. 지금 내가 뭔가를 하면 아직 이 손은, 목소리는 하루에게 닿을까.

가슴 주머니 위에 손을 얹었다.

그 안의 올해 가을에 하루가 찍어준 『특별한 내 미소』가 두근두근 힘차게 소리를 질렀다. 괜찮아, 괜찮아, 괜찮아.

과감하게 진행 방향을 바꾸었다.

역까지 온 두 사람은 한두 마디 대화를 나누고 멀어져갔다.

하루와 여자 아이.

내가 따라가야 하는 건 과연 어느 쪽일까.

답은 몸이 알려주었다. 속도를 올리고 손을 뻗어 그 사람에게 말을 걸었다.

"너 뭐야?"

그녀는 깜짝 놀라더니 나와 마찬가지로 이쪽을 노려보았다.

결국 내가 그녀와 이야기한 건 그때 딱 한 번뿐이었다.

하지만 그걸로 충분했다.

우리는 같은 사람을 좋아하고 물러날 수도 없었다.

마츠마에를 상대하는 것과는 비교할 수 없을 정도로 다른 일이다.

아아, 그래.

우리는 이해할 수 없고, 서로 끌리지도 않을 것이다. 하지만 딱하나의 마음만은 통했다. 완전히 불구대천의 적이다.

그런 내 연적의 이름은, 그 모습처럼 아름다웠고—.

하늘에서 내리는 새하얀 빛과 같은 발음이었다.

1년 전 사건

Contact. 162

"저기, 거기 너~."

하얗게 얼어붙은 목소리 너머에서 무척 아름답게 웃는 여자 아이를 발견한 건 이틀 전의 일이다.

그건 이 세상에 존재하는 모든 만남 속에서도 특히 흔해빠진 종류의 것이었다고 생각한다. 하늘에서 여자 아이가 떨어진 것도, 서로의 몸과 마음이 뒤바뀐 것도 아니다. 그 아이가 내게 말을 걸었고 내가 그 목소리에 걸음을 멈추었다.

아아, 그렇다.

그러니까 이건 고작 그 정도의 만남에서 시작된 평범한 소년과 소녀의 이야기다.

"바다에 데려가 주면 좋겠다."

어느 날, 날 불러 세운 목소리와 같은 온도로 중얼거린 소리 쪽을 돌아보았다. 그 시선 끝에서 그 아이는 열심히 강가에 굴러다니는 돌멩이를 음미하고 있었다. 「이건 모양이……」라든가, 「이건 너무 큰 것 같은데」 하고 중얼거리면서 자갈을 주운 뒤 던지는 모습은 진지 그 자체였다.

그렇게 동그랗게 말린 등을 향해 나는 며칠 전에 들은 이름을 불렀다.

"유키."

"음~, 왜?"

"방금 그거, 내가 잘못 들은 거야?"

"방금 그거?"

"바다에 가고 싶다는 말이 들린 것 같은데."

"그건 확실히 잘못 들은 것 같네."

이걸로 된 건가, 하고 끄덕이면서 유키는 천천히 일어났다.

작은 손안에는 원반형 자갈이 하나 있었다.

그걸 그녀는 실로 아름다운 폼으로 수면을 향해 던졌다. 회전력이 정확하게 실린 돌이 하나, 둘, 셋 수면에 파문을 그렸다.

탕 탕 타타타타타탕.

여덟 번의 도약을 마친 돌멩이는 천천히 바닥으로 가라앉았다.

유키가 해본 적 없다고 해서 한창 물수제비를 가르치던 중이었다. 분하게도 딱 한 번 만에 유키는 내 최고 기록을 넘어버렸지만…….

"난 지금 요시한테 데려가 달라고 말하는 거야."

그제야 겨우 유키가 이쪽을 돌아보았다. 물수제비를 성공하고 지은 득의양양한 미소는 그 아이의 분위기를 다소 어려 보이게 만들었다.

"질문해도 됩니까?"

저요, 하고 내가 손을 들자 유키는 손바닥을 이쪽으로 슥 내밀었다.

"하세요."

"지금 몇 월이더라?"

"2월."

즉, 계절은 겨울이다.

날카로운 얼음 같은 냉기 속에서 우리는 몸을 떨었다.

눈앞에 펼쳐진 강이 하늘의 회색에 물들어 어쩐지 쓸쓸해 보인다. 흔들흔들 수면을 흔드는 바람이 여기까지 불어와서 교복을 가슴 위로 단단히 여몄다.

유키는 이렇게 추운데 더 추운 곳에 가고 싶은 모양이다.

"겨울이라 춥다니까."

어쩔 수 없이 그 말만 했다.

"그래도 괜찮아, 가자."

"여름엔 어때? 바다 하면 여름이지."

"아니. 지금이 좋아."

"고집 세네. 겨울에 가봐야 못 들어가잖아."

"발 정도는 괜찮지 않을까."

"추워서 힘들걸. 그보다 유키도 추운 거 싫어하잖아."

"어머, 어떻게 알아?"

이 순간, 유키의 커다란 눈동자 안에 깃든 빛은 뭐였을까. 아주 작은, 그러면서도 눈부신, 훅 불면 바로 꺼져버릴 듯이 약한 빛이었다.

"네가 입고 있는 그 두꺼운 옷을 보면 누구나 알 걸."

유키는 긴 목도리를 목에 둘둘 몇 겹으로 감고 캐러멜 색 코트를 입고 있었다. 코트 밑에는 교복이 아닌 니트를 껴입고 소매를 당겨 추위를 견디고 있었다. 얼핏 보이는 귀여운 손가락에 흐아아아, 하고 가슴이 뛰려는 것을 꾹 참았다. 사실 난 손등이 소매로 가려져 있는 걸 엄청 좋아해, 라고 말할 수 있을 리가 없다.

"요시, 얼굴이 좀 무서운데."

"거짓말."

찰싹찰싹 내 뺨을 만져 보았다.

"야한 생각 하고 있지?"

"아니라니까. 아니, 진짜, 정말. 전혀, 손톱만큼도."

"정말일까?"

눈을 실처럼 가늘게 뜬 유키 안에는 이미 조금 전의 빛을 찾을 수 없었다. 그렇게 가느다랗게 눈을 뜬 채 유키는 내 이름을 불렀다. 그곳에는 다른 빛이 있었다.

아아, 불길한 예감이 든다. 아니. 불길한 예감밖에 안 든다.

"제발. 세, 가, 와, 하, 루, 요, 시."

"뭐, 뭐야?"

유키가 두 걸음 정도 거리를 단번에 좁혀왔다.

언제나처럼 부드러운 봄 향기가 났다. 빨개진 코끝이 시야에 뛰어들었다. 이어서 역시 빨간 볼. 사과 같았다. 새하얀 피부라서 더욱 돋보였다. 그리고 입술. 약간 건조해서 당장에라도 피가 날 것 같았다.

열에 들뜨기라도 한 것처럼 그 아이의 입술로 뻗어가려던 손을 황급히 허공에서 멈추었다. 그곳은 가볍게 건드리면 안 되는 곳이다.

그런데 왜.

나는 손을 뻗은 걸까.

허공에 멈춘 채 갈 곳 잃은 손이 갑자기 부드러운 무언가에 잡혔

다. 내 손과 마찬가지로 차가워진 것. 누군가의 손바닥. 닿은 곳이
뜨거워서 찌잉 아팠다.

그녀는 헷, 하고 웃고는 다시 말했다.

"바다로 데려가 줘."

아니면 아까 화제를 다시 꺼낸다? 하고 무언의 웃는 얼굴이 말해
왔다.

그래서 내가 어떻게 했냐고?

대답은 뭐, 이미 잘 알고 있을 것이다.

"바라시는 대로."

다른 선택지가 과연 있었을까.

고등학교 2학년 겨울.

이렇게 나는 시이나 유키와 바다에 가게 됐다.

내가 사는 동네는 산으로 둘러싸인 분지라 불리는 지형에 속해
있어서, 바다로 가려면 전철이나 버스를 타야만 했다. 유키가 데려
가 달라고 한 곳은 찾아보니 무려 네 시간 가까이 걸리는 곳에 있
었다. 짧은 여행이었다.

"바다, 아직 안 보이네."

흔들리는 전철을 타고 벌써 세 시간.

창가에 앉은 유키가 그런 말을 했다.

하지만 말에서 느껴지는 인상과는 달리 무척 즐거운 것 같았다.
바~다, 바~다, 바다, 바다다다, 이런 아마 창작곡으로 짐작되는

처음 듣는 노래를 흥얼거렸다. 바~다, 바~다, 바다, 바다다다.

아무래도 정말 기분이 좋은 모양이었다.

그녀의 무릎 위에는 하드커버 책이 놓여 있었고 그 두꺼운 책 한 가운데에 핑크색 책갈피가 끼워져 있었다. 아무런 무늬가 없는 책 갈피는 어디에나 있을 법한 것으로, 그녀는 그걸 무척 소중하게 다루어서 난 어째서인지 궁금해졌다.

"왜 그래?"

내 시선을 눈치챈 유키가 고개를 갸웃거렸다.

하지만 당연히 물어볼 용기가 내게 있을 리 없었고—.

"아니, 그 책, 재밌어?"

적당한 화제를 던지는 수밖에 없었다.

"그냥저냥. 근데 멀미 날 것 같으니까 책은 그만 읽고 간식 먹을래."

그녀는 선언대로 가방에 책을 넣고 대신 편의점에서 자주 보던 종류의 과자 상자를 꺼냈다. 겉봉을 뜯고 꺼낸 과자를 행복하게 입에 넣었다. 하암~ 오독오독.

이윽고 차내가 약간 어두워지더니 휘잉, 바람을 가르는 소리가 강해졌다. 창에서 보이는 경치가 검은 색으로 물들었다. 밤이 된 게 아니다. 그저 터널에 들어간 것뿐이다.

전철은 빛을 향해 똑바로 달렸다.

갑자기 유키가 내게 막대기 모양의 과자 끝을 내밀면서 물었다.

"터널 너머는—."

생각할 것도 없이 답이 떠올랐다. 1 더하기 1이 2인 것을 아는 것처럼……. 왜냐면 그건 일본에서 가장 유명한 애니메이션의 선전 구호였으니까.

"신비한 마을이었습니다[#2], 였지?"

"맞아. 자, 우리 앞에는 뭐가 펼쳐질까요."

동시에 빛이 가득 찼다.

유리에 잘린 정사각형 모양의 하얗고 흐릿한 빛이 유키의 피부를 물들였다. 그녀는 눈부신 듯 눈을 가늘게 뜨고 웃었다.

유키가 졸라서 우리가 가고 있던 목적지가 그곳에 있었다. 유키는 와아와아, 하고 어린 아이처럼 소리 높여 감탄했다. 그때 나는 계속 코앞을 향해 있던 과자를 깨물었다. 아작, 바삭바삭. 응, 소금 간이 적절하군.

"와아. 어, 아? 아, 아아아?"

씹는 소리로 내가 과자를 먹은 것을 알아차린 유키가 창밖과 손에 있던 과자를 번갈아 보면서 크게 소리 질렀다.

"요시. 이게 무슨~."

유키의 감정은 에러를 일으켰다. 그 변화는 너무나 알기 쉬웠다. 창밖에 펼쳐진 경치에 대한 기쁨과 과자를 빼앗긴 슬픔이 교대로 아주 잽싸게 바뀌었다.

"와아아아아↗"

이게 기쁨.

"아, 아아아↘"

#2 **신비한 마을이었습니다** 터널 너머는 신비한 마을이었습니다. 스튜디오 지브리에서 만든 센과 치히로의 행방불명의 대사.

이게 슬픔.

죄악감을 팍팍 자극하는 유키의 리액션에 나도 모르게 창밖으로 의식을 탈출시켰다.

저 멀리 두꺼운 구름이 보였다. 그 틈새에서 한 줄기 빛이 내려왔다. 분명히 천사의 사다리라는 것이리라. 그게 아래로 퍼져서 수면에 하얗게 선을 두르고 반짝반짝 빛났다.

그러고 보니 나도 겨울 바다는 처음 봤다. 일부러 겨울에 바다에 가진 않으니까. 약간 두근거리는 마음을 깨닫고 풀어지려는 입을 손으로 가렸다. 하여튼, 그렇게 싫어해놓고 인간이 너무 간사하다.

"와아아아↗, 바다, 아름다워. 아, 아아아↘, 이거 한정판이라 이젠 안 파는 건데."

하지만 옆에 있는 유키가 너무 땅이 꺼져라 한숨을 쉬어서 결국에는 미안함이 이기고 말았다.

무인 기차역에서 내려 타이밍 좋게 온 버스에 올라탔다.

버스가 30분 정도 달리자 아무도 없는 모래밭이 우리 앞에 펼쳐졌다. 바다 너머에서 버스 시간표를 힐끔 확인했다. 막차는 아무래도 밤 일곱 시인 모양이다.

"음~, 바다라는 느낌. 바닷물 냄새가 나네~."

몇 달 전에, 혹은 몇 달 후. 그러니까 계절이 정반대라면 사람으로 넘쳐났을 법한 이 장소는, 지금은 나와 유키 두 사람만의 것이었다.

"그러게."

기지개를 켜면서 유키는 천천히 물가를 향해 걸어갔다. 한편 나는 멈추어 서서 유키의 뒷모습을 바라보았다.

딱 나와 바다 사이 중간쯤 거리를 걸어가던 유키는 신고 있던 부츠와 양말을 어렵게 벗고 맨발이 되었다. 그 백자 같은 아름다움에 가슴이 쿵쿵 뛰었다.

그녀가 허리 위치에 있던 손을 휙 펼치자 부츠는 중력에 따라 떨어져서 모래에 묻히더니 툭 쓰러졌다.

유키는 가벼워진 양손을 새의 날개처럼 펼쳤지만 날아가지는 않고 바다 끝에 가서 섰다.

파도가 발을 건드리며 가까워졌다 멀어져갔다. 한 명 분의 발자국이 사라졌다. 마치 그녀가 걸어온 행위 자체가 사라져버린 것처럼……. 그리고 그 하얀 파도가 유키 본인도 어디론가 데려가 버릴 것처럼 느껴졌다. 유키가 바다 안으로 한 걸음 더 다가갔다. 발목이 완전히 바닷물에 잠겼다.

뛰어, 하고 등을 밀 듯이 바람이 불었다. 한 걸음을 내딛자, 두 번째는 훨씬 간단했다. 세 번째, 네 번째 걸음의 속도를 올려 나는 그녀에게로 서둘렀다.

바로 옆까지 가자 유키가 이쪽을 보았다.

"어, 무슨 일이야, 요시."

"모르겠어."

"뭐가?"

"이유는 모르겠는데, 갑자기 뛰고 싶어졌어."

"무슨 말이 그래."

이상해, 하고 유키가 재미있다는 듯이 말했다.

차가운 바람이 아직도 계속 우리 사이를 지나갔다. 확실히 이상
하지, 그런 내 목소리가 바람에 휩싸여 멀리 날아갔다. 둘이서 목
소리의 행방을 지켜본 것은 1초, 혹은 2초. 대기에 녹은 목소리 너
머를 떠가는 회색 구름만이 눈동자 안에 남았다.

"……자. 그럼, 해볼까?"

하고 갑작스러운 선언과 동시에 유키가 기합을 넣고 소매를 걷어
붙이기 시작했다. 그리고 새하얀 손을 바다에 쑥 찔러 넣었다. 손
으로 바닷물을 뜨면서 싱긋 웃었다. 그거 어쩌려는 거야? 그런 질
문을 할 틈도 없었다.

"유키, 이상한 짓 하지 마."

"싫어. 얍."

내 제지에도 불구하고 그녀가 손으로 뜬 물을 뿌렸다.

물방울이 공중에서 춤췄고 빛을 반사하며 반짝거렸다.

황급히 뒤로 물러나서 직격은 피할 수 있었지만—.

"우와. 뭐 하는 짓이야."

"뭐하긴. 바다에 오면 누구나 하는 거잖아?"

"차갑다고."

"알아. 그보다 정말 춥다. 죽겠어. 죽을 것 같아."

"그럼 나오면 되잖아."

"하지만 힘들게 바다까지 왔는걸."

"그렇다고 날 끌어들이진 말았으면 하ㅡ."

열심히 부탁하는 중에도 유키는 계속 물을 뿌렸다. 이번엔 허를 찔려서 미처 피하지 못했다. 물방울이 얼굴에 닿았다. 찌잉, 하고 아팠다. 뭔가가 해제되는 느낌이 났다.

어리석은 나는 유키와 마찬가지로 맨발이 되어 바다에 발을 담갔다. 무릎까지 담갔다. 청바지가 젖었지만 신경 쓰지 않았다.

발에서부터 스멀스멀 올라온 냉기가 몸을 달달 떨리게 만들었다. 이도 딱딱 소리를 냈다. 이게 뭐야. 단순히 추운 레벨이 아니잖아. 이미 『아프다』의 레벨이다. 그래도ㅡ.

나는 손바닥으로 물을 퍼올려 유키 쪽으로 뿌렸다.

꺄아~ 뭐 하는 짓이야, 하고 유키가 말했다. 찰박찰박 물보라가 튀어 오르고 유키의 치마가 약간 까맣게 물들었다. 새까만 물방울. 으하하하, 하고 웃었다.

자기가 당할 각오도 없이 하면 안 되지. 호오오, 그러니까 요시는 나랑 한 번 해보겠다는 각오가 되어있단 거지? 어? 저기요~, 유키 씨? 그거 너무 많지 않습니까? 문답무용. 차가워, 옷, 옷이 젖었다. 아하하하. 옷을 일이 아니라니까, 추워 추워. 무슨 소리야, 겨울이니까 추운 게 당연하지. 아니, 이건 겨울 때문이 아니라 너 때문이잖아. 요시가 맞선 게 문제지. 전부 내가 잘못한 거야? 그래, 전부 죄다 요시가 잘못한 거야.

우리는 빽빽 소리를 질렀다.

여러 가지 것들을 멀리하기 위해, 여러 가지 것에서 달아나듯 떠들었다.

겨울 바다에서 우리는 둘이었다.

그렇다, 두 사람이었다.

절대 혼자가 아니었다.

그래서 추위도 견딜 수 있을 것 같았다.

"우리, 뭐 한 걸까."

"그러게."

"바보였네."

"맞아, 바보였어."

한바탕 놀고 냉정을 되찾은 우리는 조금 전의 행위를 깊이 반성했다. 다리가 젖어서 무겁다. 바닷물을 잔뜩 머금은 청바지는 허벅지까지 까맣게 변했다.

"음."

유키가 뻗어온 손을 잡고 물가로 올라왔다. 모래가 발에 들러붙어서 아무것도 안 신은 발바닥이 따끔따끔 아팠다.

바다로 향하던 발자국과는 반대 방향으로 또 두 사람분의 발자국이 새겨져갔다.

"나중에 모래성이라도 만들까."

"좋지. 요시랑 내 성인가."

"좀 쑥스럽네."

"왜? 내가 공주님이고 요시는 신하인데?"

유키는 나와 잡고 있는 손이 아닌 반대쪽 손으로 부츠를 들었다.

"뭐야, 난 신하였군."

"응. 멋대로인 공주님의 소원을 뭐든 들어주는 거지."

"힘들 것 같네."

"싫어?"

"싫지 않아."

그래. 딱히 싫은 건 아니었다.

유키의 소원을 들어주는 건 어쩐지 즐거웠다. 딱히 내게 그런 속성이 있는 건 아니다. 아니, 라고 생각한다, 아마⋯⋯.

다만, 내가 뭔가 하면 유키는 웃어준다. 말을 걸면 표정이 빛났다. 내게 기대주는 게 딱히 나쁘지 않았다. 고맙다는 말을 듣는 것만으로도 기분이 좋아졌다.

아마 본능 같은 것이 아닐까.

남자라는 생물은 유전자 레벨부터 여자아이의 웃음에 약하다. 그게 예쁜 여자 아이의 웃음이라면 더더욱⋯⋯.

"그럼 다행이고. 근데 정말 신하라도 괜찮겠어?"

"네가 한 말이면서."

"뭐. 그야 그렇지만, 싫으면 싫다고 하는 게 낫지. 달리 하고 싶은 게 있다면⋯⋯."

"달리?"

"아니. 모르면 됐어. 그런 건 내가 말해봐야 어쩔 수 없는 거니까. 요시가 스스로 알아차리고 필사적으로 열심히 손을 뻗어야만 하는 거지."

그런 말을 하면서 유키는 잡은 손을 놓았다. 그리고 짐을 둔 돌계단 쪽을 가리키며―

"슬슬 쉬다 갈까. 내가 따뜻한 차 가져왔어. 과자도 있어."

"그거 내가 먹어도 되는 거야?"

"무슨 말이야?"

"아니, 기차에서처럼 소란 피우면 조금……."

갑자기 유키가 부루퉁하게 볼을 부풀렸다.

"소란 안 피울 거거든요. 아까 그건 기간 한정으로 나오는 특별한 거라 어쩔 수 없었어. 예상 못 한 일이고, 지금부터 먹을 간식은 요시랑 둘이서 먹으려고 사온 거니까 괜찮아. 아니면 요시는 내가 사온 과자는 못 먹겠다는 거야?"

"왠지 유키, 술 취한 사람 같아. 내가 따라준 술은 못 마시겠단 거냐~, 라고."

"딱히 취한 건 아닌데요~."

"으하하하, 그것도 취한 사람이 하는 말이잖아."

"어휴. 요시 같은 건 이제 몰라."

하지만 그렇게 가라앉아 있던 유키의 기분은 돌계단까지 돌아와서 과자를 뜯자 순식간에 살아난 모양이다. 아무래도 분노가 지속되지 않는 타입인 것 같다.

둘이서 나란히 과자를 먹었다. 버스 정류장에서 해안까지 걸어가는 도중에 딱 하나 있던 편의점에서 산 삼각김밥도 먹었다. 나는 참치마요와 다시마. 유키는 매실장아찌와 구운 명란젓에 갓까지. 그 가느다란 몸 어디에 들어가는 건지 신기할 정도로 유키는 잘 먹었다.

삼각김밥 외에도 옥수수마요빵과 멜론빵도 깨끗이 먹어치웠다.

게다가 과자 봉지도 세 개나 뜯어놓고 있고…….

"이거 전부 먹을 수 있어?"

"당연하지. 다 못 먹을 거면 안 뜯었어."

유키는 고개를 갸웃거리면서 보온병 뚜껑에 김이 피어오르는 황금색 액체를 따랐다.

"자, 마셔."

"고마워."

후우~ 후우~ 하고 입김을 불고 뚜껑 가장자리에 입을 댔다.

처음 마시는 맛이었다. 약간 달콤하고 왠지 개운했다.

"이게 뭐야?"

"맛없어?"

유키가 조심스럽게 물었다.

"아니, 반대야. 너무 맛있어서."

내 말에 다행이라는 듯 유키가 숨을 쉬었다.

"이건 말이지. 옥수수차야. 말 그대로 옥수수로 만든 차인데, 달달하지?"

달콤함과 함께 열이 몸 안으로 미끄러져 내려가는 걸 알 수 있었다. 부드럽고 따뜻한 것이 내 안을 채워갔다. 단숨에 후룩 마신 나에게 유키가 더 줄까, 하고 물어봤다. 고맙게 받기로 했다.

훌쩍 코를 삼키면서 뚜껑을 통해 손바닥으로 열기를 느꼈다.

"몸에도 아주 좋대."

"그렇구나. 저기, 유키."

"응?"

"따뜻해. 정말 따뜻해."

약간 따뜻해진 손을 유키의 하얀 손등에 겹쳤다. 추위 때문인지 유키는 아까부터 계속 떨고 있었다.

"내 손은 계속 차갑네."

"그러니까 잠깐 이렇게 있어도 될까?"

네 추위가 가실 때까지.

우리의 열이 균등해질 때까지.

유키의 손바닥이 위를 향했다. 그게 답이었다. 그런데 어째서일까. 내가 먼저 말한 주제에 나는 유키의 손을 차마 잡지 못했다. 한심하다.

그런 내게 답답함을 느낀 건지 반대로 유키가 손을 꽉 잡았다. 강제로 손바닥과 손바닥이 겹쳐졌다. 손가락과 손가락 틈이 메워졌다. 손가락이 강한 힘으로 엉켰다. 그에 비해 난 뭔가에 겁먹은 듯이 조금씩 힘을 넣었다.

손가락 끝이 유키의 손등에 겨우 닿았다.

뒤늦게 밀려온 쑥스러움에 유키의 얼굴을 볼 수 없어지는 것까지가 한 세트.

겨울바람이 기분 좋았다.

혹 오른 체온이 조금이라도 유키에게 옮아가면 좋겠다고 빌었다.

겨울 바다를 보면서 그런 생각을 했다.

해안을 뒤로 했을 무렵, 완전히 해는 저물었다. 두꺼웠던 구름은 다소 흩어져서 군데군데 작은 빛이 하늘에 켜져 가는 것을 알 수 있었다.

그날 해안에는 마지막까지 다른 사람은 아무도 오지 않았고 모래성과 몇 십 몇 백 개의 발자국, 떠밀려온 나뭇가지로 쓴 글자 등 모든 게 우리가 둘만 있었다는 증거였다.

버스 도착 5분 전에 가까스로 버스정류장에 도착했다. 이제 집에만 가면 된다. 여기서 버스로 30분. 역에서 전철로 갈아타고 3시간.

색이 제법 바래서 도저히 아름답다고는 하기 힘든 의자에 앉아 버스를 기다렸다. 체력이 떨어지기 일보직전이라 우리는 더 이상 아무 말도 못했다.

5분이 지났다. 버스는 오지 않았다.

늦는 거겠지, 그러게, 같은 두 마디를 하고 10분을 더 기다렸다.

버스는 역시 오지 않았다.

어쩔 수 없이 유키가 일어나 시간표를 확인했다. 유키가 요시, 하고 내 이름을 불렀다. 그 목소리가 조금 떨렸다.

"왜, 무슨 일이야?"

"시간표 제대로 확인했어?"

"물론이지."

"……요시. 오늘은 몇 월 며칠인가요?"

"왜 갑자기 존댓말이야?"

"대답해."

이상한 기척에 불길한 예감이 짙게 피어올랐다.

"어? 음, 2월 11일."

"그럼 질문을 하나 더 해도 됩니까?"

"응."

"오늘은 무슨 날입니까?"

유키의 질문에 나는 고개를 갸웃거렸다.

내 모습을 보고 아무것도 모른다는 것을 깨달은 것이리라. 유키
는 학교 선생님처럼 버스 시간표를 손가락으로 슥 가리켰다.

"여기를 보세요."

시키는 대로 제대로 보았다. 토요일이라고 적혀 있었다. 막차는
오후 일곱 시. 기억대로다. 하지만 유키는 손가락을 쭈욱 내려 일
요일, 공휴일이라고 적힌 칸으로 손가락을 이동시켰다. 거기는 막
차 시간이 오후 네 시였다.

그렇게까지 해도 아직 대답을 못하는 날 보고 유키가 한숨을 쉬
면서 정답을 말해줬다.

"2월 11일은 건국기념일이라 공휴일입니다."

"정말?"

"정말입니다."

유키가 고개를 끄덕였다.

사고 쳤다.

설마 이런 실수를 할 줄이야.

들떴던 걸까. 그래, 확실히 나는 들떠 있었다. 예쁜 여자 아이와 둘이서 멀리 외출이라니 꽤 큰 이벤트였다.

옆에서 걷는 유키가 계속 말이 없어서 무섭다.

결국 10분 정도 걷고 우리는 30분 정도 전에 지나갔던 편의점으로 돌아왔다.

그곳에서 유키는 몸을 빙글 돌려 내게 손을 내밀었다.

"요시. 휴대전화."

……그래. 휴대전화!

그 방법이 있었군. 너무 단순한 일이라 미처 눈치채지 못했다.

하늘의 계시와도 같은 말에 나는 황급히 주머니에서 휴대전화를 꺼냈다.

"이리 줘봐."

"어? 왜?"

"아무튼 줘봐. 그보다 요시에게 거부할 권리가 있어?"

확실히 유키 말이 맞다. 지금 내게 그런 건 없었다.

시키는 대로 스마트폰을 건네주자 유키가 만족스럽게 고개를 끄덕이고 물 흐르듯이 전원을 껐다.

"……왜?"

"왜긴, 이게 있으면 요시는 돌아가 버리잖아? 아빠에게 연락한다든가, 택시를 부른다든가."

그럴 생각이긴 했지만…….

하지만 유키는 「무슨 당연한 소리를 하는 거야」 같은 얼굴로 고개를 갸웃거렸다. 이상하다는 눈길을 받아야 할 사람이 나인가? 아니, 그럴 리 없잖아.

내가 멍하게 있거나 말거나 유키는 싱긋 웃었다.

"그보다 밥 사자."

"뭐?"

"추우니까 따뜻한 것 먹고 싶다. 오뎅 같은 거."

"뭐?"

위잉 하고 자동문이 열렸다. 따뜻한 공기에 많은 것들이 풀어졌다. 유키가 자, 들어가자, 하고 내 손을 잡고 가게 안으로 이끌었다.

오렌지색 빛에 눈이 편해졌다.

나는 저항하지 않고 빛에 이끌리는 벌레처럼 휘청휘청 가게 안으로 들어갔다.

그리고―.

편의점에서 나온 유키는 흔들흔들 비닐 봉투를 흔들면서, 본인 역시 흔들리면서 바닷가 쪽으로 돌아갔다.

차 몇 대 다니는 것 빼고는 아무것도 없었다. 헤드라이트가 유키를 노란색으로 물들이더니 그녀의 그림자를 90도 정도 휙 돌려놓았다.

결국 오뎅은 못 샀다.

아무래도 다 팔렸는지 점장으로 보이는 아저씨가 내일 오라고 일러주었다. 없다는 걸 알자마자 괜히 더 먹고 싶어진 걸까. 유키는 언제쯤 다시 만드냐고 끈질기게 물고 늘어졌지만 이 편의점은 아무래도 10시에는 문을 닫는 모양이었다. 없는 것을 졸라봐야 소용없으므로 우리는 결국 고기만두와 닭튀김을 산 뒤 편의점에서 나왔다.

제방의 돌계단에서 바닷가로 내려왔다.

밤바다는 낮과 비교하면 훨씬 조용했다.

파도 소리가 이 세상에 유일하게 존재하는 소리 같았다.

"미안. 괜한 억지 부려서. 갑자기 욕심이 생겼어. 좀 더 같이 있고 싶어서."

"아냐, 괜찮아. 따지자면 내 잘못이고. 오히려 나야말로 미안해."

"나한테 사과할 필요 없어. 그 말은 집에 돌아갈 때까지 남겨둬. 부모님한테 눈물 쏙 빠지게 혼날 거잖아."

"글쎄. 우리 집은 꽤 방임주의라서. 이런 건 대체로 그냥 넘어가주셔."

"혼날 거야."

"그거야 모르지."

"이대로 간다면 말이지. 그러니까 이거."

아까 빼앗아간 스마트폰을 다시 내밀었다.

"걱정하실 거야. 그러니까 메시지 정도는 봐줄게. 친구랑 같이 놀고 있다고 보내. 거짓말이지만, 거짓말 잘 하잖아."

"잘 한다고 할 정도로 자주 하지는 않아."

물론 전혀 안 한다는, 그런 거짓말은 할 수 없지만…….

게다가 이건 딱히 거짓말도 아닐 것이다.

나와 유키는 친구이고 우리가 같이 있는 건 사실이니까.

"정말일까."

"정말이라니까."

유키는 말은 그렇게 했으나 믿지는 않는다는 얼굴이었다. 왠지 석연치 않은 기분으로 스마트폰을 받아보니 어머니에게 메시지가 딱 한 통 와 있었다.

『저녁밥, 어떡할 거니?』

잠시 생각한 후 유키 말대로 거짓말을 하기로 했다. 친구 집에서 자게 됐으니까 괜찮다고. 그 정도 거짓말은 애교이리라.

화면의 발신 버튼을 누르자 데이터로 변한 내 거짓말이 몇 백 킬로나 떨어진 곳으로 날아갔다. 바로 온 답장에는 알았다, 라고 적혀 있었다.

"유키는 연락 안 해도 돼?"

"누구한테?"

"부모님이라거나."

"……괜찮아."

작은 중얼거림에서는 유키의 감정을 읽을 수 없었다. 하지만 어째서인지 옆에 있는 여자 아이는 길을 잃은 어린아이처럼 외로워보였다. 괜찮아. 밤의 공기 속으로 그 말이 녹아갔다.

그녀의 가느다란 어깨 너머로 거리의 불빛이 보였다.

여기서 5킬로미터 정도일까. 10킬로미터 정도일까.

더 멀지도 모른다. 그래도 절대 걸어서 못 갈 거리는 아니다.

저기 가면 호텔이 있다. 인터넷 카페나 노래방, 패밀리 레스토랑도 있을 것이다. 그런데도 유키는 편의점에서 산 손난로를 손에 들고 바닷가를 걸었다. 빛이 넘치는 곳으로는 가지 않았다. 깊은 어둠 속을 둘이서 계속 걸었다.

"아, 저기 봐. 엄청 예쁘다."

유키가 겨우 걸음을 멈춘 것은 홀로 서 있는 바다 휴게소 앞이었다.

여름 동안만 사용하는 것인지 인기척은 전혀 없었다.

벽에 칠해진 파란색 페인트는 비바람 때문에 색이 바래있었지만 바람 정도는 피할 수 있을 것 같았다. 문은 없어도 안쪽에는 괜찮은 휴식 공간이 있었다. 버려진 빈병과 과자 껍데기를 치우면 하룻밤 정도는 보낼 수 있을 것이다.

조금은, 그래, 아주 조금이지만 가슴이 두근거리고 있음을 깨달았다. 남자라면 한 번 정도는 꿈꾸어봤을 상황. 마치 비밀기지를 발견한 듯한 이 느낌…….

내가 그런 식으로 혼자 흥분하고 있거나 말거나 유키는 뒤쪽에 있던 수도꼭지를 틀어 물이 나오는지를 확인했다.

여자에겐 낭만이 부족하다.

그런 말을 하면 남자와는 낭만의 종류가 다르다고 일축해버리겠지.

"바닷물 때문에 얼굴이랑 손이 끈적거리는데 이대로는 찝찝하잖아."

그렇게 말하면서 추운 곳에서 냉수로 찰박찰박 세수를 하는 유키를 진심 대단하다고 생각했다. 나도 마찬가지로 손과 발, 얼굴을 씻었지만 정말 물을 살짝 묻힌 정도였다. 그 이상은 무리였다.

그리고 겨우 휴식 공간에 들어가 조금 식은 고기만두, 닭튀김, 고로케를 먹었다. 미지근해진 옥수수차를 다 마시고 한숨 돌린 순간, 그 녀석이 찾아왔다. 의식을 집어 삼키기 위해 입을 크게 벌린 수마는 그 이름대로 게임에 나오는 마왕처럼 강력했다.

눈꺼풀이 무거워졌다.

세상이 흐릿해진다.

아무리 참으려 해도 하품을 억누를 수는 없었다.

그래도 어떻게든 방구석까지 기어가서, 유키와는 거리를 벌렸다. 아무것도 하지 않겠다는 내 나름대로의 성의 표시였다. 그런데—.

유키는 체력 게이지가 빨갛게 점멸을 반복하는 내 옆까지 와서 가지고 있던 두꺼운 담요를 내 위에 덮어주었다. 세상이 천천히, 그리고 짙은 어둠에 삼켜져갔다. 그건 저녁에서 밤으로 변해가는 순간과 비슷했다.

내 눈동자가 찰나에 포착한 유키의 입술은 밤하늘에 뜬 흐릿한 초승달 같은 모양을 하고 있었다.

"에이."

그런 반응과 함께 유키 역시 담요 속으로 미끄러져 들어왔다. 1밀리미터의 틈도 없을 정도로 우리는 가까워서 평소 같으면 신경 쓰이지도 않을 내 호흡과 심장 소리가 괜히 크게 들렸다.

그뿐만이 아니다.

유키의 체온을 느꼈다.

유키의 부드러움을 느꼈다.

유키의 호흡을 느꼈다.

그녀에게선 평소와 다름없는 봄 향기가 났다. 그것들이 내 수마를 조금은 다른 곳으로 쫓아주었다.

"아, 저어, 저기 유키 씨?"

"……왜요?"

우리는 서로에게 어째서인지 존대를 하고 있었다.

"이게 대체 뭐죠?"

"추, 추우니까."

유키는 무릎에 머리를 묻고 고개를 숙였다. 평소엔 하얬던 목덜미가 새빨갛게 물들어서, 그 빨간색으로 그녀의 쑥스러움이 나에게까지 전염됐다.

그래서 농담을 했다. 농담 하나라도 해두지 않으면 견디지 못할 것 같았다.

"부끄러우면 안 하면 될 텐데."

"따, 따따딱히 부끄럽거나 그런 건 아냐. 부끄러운 건 요시잖아."

"그건 어쩔 수 없지. 누구나 유키 같은 미소녀를 상대로는. 아니,

그······."

어? 대체 내가 무슨 말을 지껄이는 거지. 정신이 들었지만 이미 늦었다.

입에서 나온 말은 아무리 주워 담는다 해도 돌이킬 수 없다.

눈이 익숙해져서 그런지, 아니면 다른 이유 때문인지 아까보다 몇 배나 빨개진 목덜미와 귀가 눈에 들어왔다. 덕분에 머릿속이 더 새하얘졌다.

"아니, 그러니까. 그게 아니라. 아니. 유키가 예쁜 건 사실이지만, 그게 아니라. 아아, 뭐라고 말해야 하지."

"응."

"그러니까, 그래. 나의 이건 어쩔 수 없는 거고, 으음, 절대 못된 짓을 해야겠다는 그런 게 아니라."

유키가 고개를 들었다. 아직도 얼굴이 빨갰다. 그런 빨간 얼굴로 당황하는 내 얼굴을 가만히 들여다보았다.

"있잖아, 요시."

"네."

"고마워. 덕분에 지금까지의 노력이 잘못된 게 아니라는 걸 알았어."

당연히 날 놀릴 거라 생각했는데 어째서인지 고맙단 말을 듣고 말았다.

"노력이라니?"

"그건, 몰라도 돼. 음~, 그러게. 백조랑 비슷해. 백조는 수면 아래에서 발버둥을 치고 있지만 위로는 우아하게 헤엄치는 것처럼 보이잖아? 남자는 말야, 여자가 우아하게 헤엄치는 모습만 보면 돼."

이해하기 힘든 예시였으나 아마 더는 알려고 하지 말라는 소리겠지.

"그럼 본론으로 돌아가서. 저기, 유키. 나도 이래 봬도 남자야."

"아는데?"

"그럼 이 상황은 좀 곤란하지 않아?"

"곤란하지 않아. 하나도 안 곤란해."

"왜?"

"그야 요시는 신하라도 좋다고 말하는 그런 남자니까."

낮의 일이 떠올랐다. 유키와 나의 모래성. 유키는 제멋대로인 공주님이고 나는 그 말을 계속 들어주는 신하.

"근데 그거 알아? 신하인 채로는 공주님의 가장 큰 소원을 이루어줄 수 없어. 공주님은 늘 왕자님을 기다리거든."

유키는 그 말만을 하고 내 어깨에 머리를 기댄 채 눈을 감았다. 그리고 내가 굳어버린 몇 초 동안, 새근새근 귀여운 숨소리를 내기 시작했다.

평소 같으면 절대 잠들지 못할 이 상황에 사람의 체온, 부드러운 숨소리, 그런 것에 이끌리듯 멀어져간 수마가 다시 접근해왔다. 눈꺼풀에 걸린 중력은 순식간에 배로 무거워졌고 의식이 엄청난 기세로 깎여나갔다.

많은 것들이 텅 비어가는 가운데 이성이나 자아 등, 평소 브레이크를 거는 것들이 풀어져가고 있음을 내 욕망은 절대 놓치지 않았다.

비겁하기 짝이 없지만 나는 자고 있는 유키의 손을 잡고 꽉 움켜

169

쥐었다.

그리고 충분히 만족감을 느끼며 나 역시 꿈속으로 빠져들었다.

＊

꿈을 꾸었다.

나는 아직 네다섯 살 정도로 유치원을 다니고 있었다.

벌써 여러 번 꾼 꿈이라 이게 꿈이라는 것은 꿈속의 나도 알고 있었다.

하지만 과거의 반복재생에 불과한 꿈의 세계는 몇 번이고 몇 번이고 같은 것을 반복했고, 이윽고 같은 결말에 이르렀다. 이번에도 틀림없이 그럴 것이다. 주인공 시점과 방관자의 시점을 동시에 가진 나는 그저 흐름에 몸을 맡기는 수밖에 없었다.

어린 내게 친구 두 명이 말을 걸었다.

이젠 이름도 얼굴도 생각나지 않는다.

다만 목소리만은 또렷하게 기억한다. 아직 어리고 높은 목소리. 당시 나와 자주 놀던 남자 아이, 그리고 친해진지 얼마 안 된 남자 아이의 목소리였다.

한 명이 말했다.

축구하자.

또 다른 한 명이 말했다.

투구벌레 잡으러 가자.

사실은 축구보다 투구벌레를 잡으러 가고 싶었다. 하지만 투구벌레를 고르면 친했던 친구가 화를 낼 거라고 생각했다. 축구를 고르면 겨우 친구가 될 것 같은 남자 아이가 슬퍼할 거라고 생각했다. 지금이라면 좀 더 유연하게 대처할 수 있겠지만 이때의 나로서는 무리였다.

결국 침묵을 선택하는 수밖에 없었다.

아아, 그렇다.

나는 어느 쪽도 선택하지 못했다.

이윽고 또 꿈이 닫혀갔다.

어느 쪽도 선택하지 못하고 아무것도 잡지 못하고 끝나버렸다.

하지만 이 날 꿈은 달랐다.

본 적 없는 예쁜 여자 아이가 나온 것이다.

그녀는 내게 손을 뻗었다.

어째서인지 생판 모르는 여자 아이를 본 순간, 아무것도 신경이 쓰이지 않았다. 축구라든가 투구벌레라든가, 지금은 이미 이름도 기억나지 않는 과거의 친구라든가.

그저 딱 하나.

눈앞의 여자 아이 외에는…….

꿈에서 손을 뻗었다.

그리고 모르는 이름을 불렀다.

"유~."

내 목소리는 전해졌을까.

✳

아침에 눈을 뜨니 온몸이 아팠다.

어깨를 돌리자 뚜둑 소리가 났다. 딱딱한 바닥에 앉은 채 자서 그런지 엉덩이와 목이 쑤셨다. 피로도 전혀 안 풀려서 눈앞은 흐릿했다.

눈을 비비자 세상의 윤곽이 점차 돌아왔다.

그제야 겨우 깨달았다.

유키가, 없다.

내 옆에는 분명히 한 사람 분의 공백이 있었고 온기도 희미하게 남아 있었다. 하지만 눈의 흔적처럼 유키의 모습만이 사라지고 없었다.

정체를 알 수 없는 공포가 확 퍼져서 가슴이 꽉 죄어왔다.

갑자기 어제, 바다 끝에 서 있던 유키의 모습이 떠올랐다. 유키를 납치해 가려는 듯이 파도가 가늘고 하얀 팔을 그 발목으로 뻗었다. 이루 말할 수 없는 불안에 등을 떠밀려 휴게실을 뛰쳐나갔다.

순간 차가운 바람이 피부를 푹 찔렀고 뼛속까지 깊이 스며들었다.

겨울 아침.

아니, 이건 아침인가.

세상은 아직 어둡고 산의 녹음만이 희뿌옇게 밝아오고 있었다. 밤과 아침의 경계선. 이제부터 아침이 시작된다.

하늘에서 태양빛이 천천히 백조의 날갯짓처럼 퍼져갔다.

모든 게 빛 안에 싸여있다.

그렇다, 사라졌던 그녀도…….

유키는 역시 바다 끝에 쪼그려 앉아있었다. 그 손에는 어째서인지 그 핑크색 책갈피가 소중하게 들려있었고, 그녀는 손끝을 전부 모아 턱을 받친 채 가만히 밝아오는 밤을 지켜보고 있었다. 아침 햇살에 물든 그녀는 반짝반짝 빛났다.

그리고 나는 그런 유키를 넋을 놓고 바라보았다. 계속, 하염없이 바보처럼…….

문득 그녀가 내 기척을 알아차리고 고개를 들었다. 뭔가 말을 했다. 하지만 약간 거리가 있어서 목소리는 들리지 않았다. 그러나 영차, 하고 말하면서 일어난 것만은 왠지 알 것 같았다.

그리고 내 이름을 부른 것도…….

눈을 가늘게 뜨고 하얀 이를 내보이면서 분홍색 연보라색 하늘을 배경으로 웃는다.

그것은 아아…….

내가 지금까지 봤던 어떤 것보다도 아름다운 광경이었다. 이번에야말로 이 현실에서, 나는 제대로 그녀의 이름을 불렀다. 그리고 그녀에게로 뛰어갔다.

"좋은 아침이야, 유키."

이름을 말했을 뿐인데 가슴이 아팠다.

처음 느낀 감정이 당황스러웠다. 아프지만 놓고 싶지 않고, 무섭지만 따뜻하다. 나도 모르게 뜨거워지고 마는, 그것은 틀림없이―.

나로서는 태어나서 처음으로 느낀 사랑일 거라고 생각한다.

돌아가는 길에 우리는 어제의 설욕전을 하듯이 편의점에서 오뎅을 마구 샀다.

무와 계란, 소 힘줄 꼬치. 절대 잊어서는 안 될 양배추롤, 튀긴 두부, 떡이 든 유부주머니. 특히 양배추롤은 마지막으로 남은 두 개를 집은 거라 유키는 만세, 하고 요란하게 기뻐했다.

이왕 온 거니까, 하고 말하면서 세 번째로 바다에 갔다.

제방에 걸터앉아 오뎅을 꺼냈다. 컵을 열자 퍼지는 김과 냄새에 누가 먼저랄 것도 없이 배에서 요란한 소리가 났다.

"먹을까."

"응, 먹자."

「잘 먹겠습니다」 하고 같이 외친 뒤 앗뜨앗뜨 소리를 내면서 양념이 잘 벤 오뎅을 먹었다. 겨자의 톡 쏘는 맛에 눈물이 고였다. 하지만―.

"맛있다."

"응, 엄청 맛있네."

"양배추롤, 사길 잘했지?"

"지금까지 먹어본 양배추롤 중에 최고인 것 같아."

"그건 오버아냐?"

"오버긴. 그 정도로 맛있다는 말이야."

약간 큰 조각을 단숨에 입에 넣었다. 고기 맛이 입에 확 퍼졌다.

잘 벤 국물이 맛있었다. 몇 번이고 꼭꼭 씹었다.

"재미있었어."

유키가 들고 있던 젓가락을 내려놓고 중얼거렸다.

나는 아직 입 안의 양배추롤을 삼키지 못했다.

"그래서 좀 서운하다. 저 모래성도, 나무로 쓴 글씨도. 어제랑 오늘도, 모든 것이 조만간 사라져버릴 테니까."

"……안 사라져."

"응?"

나는 양배추롤을 꿀꺽 삼키고 다시 말했다.

"만약 지금 우리가 이대로 사라진다고 해도 아마, 무언가는 남을 거야."

"무언가라니?"

"글쎄, 잘은 모르겠지만."

아직 그 무언가를 찾지는 못했지만…….

"성의 없네."

"윽, 미안."

하지만 정말 그렇게 생각했다.

"그거면 돼."

유키는 고개를 끄덕였다.

"그래도 돼. 무언가가 남는다면. 하지만 그런 기적은 일어나지 않을 거야."

"무슨 말이야?"

내 질문에 유키는 에헤헤 하고 웃기만 했다. 왠지 눈물을 참는 것처럼 보였다. 내가 지적하자 유키는 시치미를 떼면서 어린아이처럼 가느다란 다리만 계속 흔들었다.

"겨자가 매워서 그래."

유키가 다시 입을 연 것은 내 오뎅 컵이 비었을 때였다.

왠지 유키는 그 타이밍을 기다렸던 것 같다.

"난 말이야."

유키가 바람에 흩날리는 머리카락을 귀 뒤로 넘겼다.

"꼭 만나고 싶었어."

"누구를?"

"우미."

"바다[3]에 『만난다』는 표현은 잘 안 쓸 것 같은데."

아아, 그렇구나. 유키가 내 쪽을 보지도 않고 중얼거렸다. 무슨 뜻인지 모르는구나.

"있지, 우미는 내 동생 이름이야."

"동생이 있었어? 여름에 태어난 거야?"

"왜?"

"아니, 바다라고 하면 왠지 여름 이미지잖아."

유키는 으음, 하고 고개를 모로 꼬았다.

"생일은 겨울이야. 우미가 태어나기 얼마 전에 내가 바다를 보고 싶다고 했대."

#3 바다 일본어에서 『바다』를 우미라고 발음한다.

"이번처럼?"

"후훗, 맞아. 그래서 아빠랑 만삭인 엄마랑 셋이서 바다에 갔지. 솔직히 말하면 그날 일은 잘 기억이 안 나. 근데 눈이 내린 바다만큼은 지금도 또렷하게 기억나. 오늘보다 훨씬 춥고 눈이 내린 겨울 바다. 어둡고 외롭고. 그런데 못 견디도록 아름다웠어. 심장이 꽉 조일 정도로 아름다웠지."

유키의 옆얼굴은 슬프고 진지해 보였으며 눈동자는 역시 어딘가 먼 곳을 보고 있었다.

끝없이 펼쳐진 바다도 아니고, 멀리 보이는 섬도 아니다. 테트라포드나 하룻밤을 보낸 휴게소도 물론 아니었다.

더 멀리, 눈에 보이지 않을 정도로 먼 곳에 있는 아름다운 것을 유키는 물끄러미 보고 있었던 것 같다.

"눈이랑 바다가 같이 있으면 꿈 같은 광경이 돼. 그래서 그런 자매가 되라고, 아빠가 우미라는 이름을 붙였대. 우미는 정말 순수하고 얌전하고 귀여운 아이였어. 나도 우미랑 같이 있기만 해도 행복했지."

그 말에서 뭔가 걸리는 게 있었다.

"했지?"

"못 만난 지 오래 됐으니까. 멀리 가버렸거든. 쉽게 만날 수 없는 곳."

"쓸쓸해?"

"엄청. 근데 괜찮아. 언젠가 다시 만날 수 있을 거라 믿으니까. 내가 할 수 있는 걸 하고, 많은 것을 전부 제대로 끝내면 만날 수 있을 거야. 그러니까 지금은 참을래."

그렇게 말한 유키의 얼굴은 참을 수 있을 거란 생각이 들지 않을 정도로 애처로웠다.

하지만 「만나러 가면 되잖아」라고 쉽게 말하는 것이 망설여질 정도로 진지한 느낌도 있었다.

"바다, 아름답네."

나는 그 말밖에 할 수 없었다.

"그렇지? 아름다워."

"응. 정말 아름다워."

겨울 바다는 어둡고 쓸쓸하고 무서웠다.

그래도 구름 틈새로 새어나온 빛. 파도 소리. 지평선 저 너머까지 이어지는 광활함. 그런 것들에 나는 완전히 마음을 빼앗겨버렸다. 진심으로 아름답다고 생각했다.

눈앞에 펼쳐진 바다도, 그 바다와 같은 이름을 가진 소녀도. 만난 적은 없지만 알 수 있었다. 옆에 앉아있는 여자 아이를 나는 누구보다 예쁘다고 생각하니까.

"또 겨울 바다를 보러 오자. 다음엔 눈 내리는 날이라도."

그제야 유키는 나를 쳐다봤다.

놀란 표정은 이윽고 울상으로 바뀌었고, 마지막에는 웃음으로 번졌다.

"역시 요시는 거짓말쟁이야."

그래도 유키는 약간의 슬픔을 감추고 있었다.

언젠가 그 슬픔을 전부 없애줄 수 있을까.

✻

짝, 하고 밤의 거리에 건조한 소리가 울려 퍼졌다.

꿈을 끝내기 위한 알람처럼…….

옛날이야기 끝에 곁들여지는 박수랑도 비슷했다.

손뼉을 친 소녀는 찌잉 하고 저리는 손바닥을 바라보았다. 과거 거기 있던 것을, 이미 여기에는 없는 것을 아쉬워하듯이.

지금 소녀가 회상한 건 딱 그런 것이었다. 꿈처럼 실체는 없고, 옛날이야기처럼 불확실하고 소녀의 이름처럼 녹아서 사라지다가 흔적도 남지 않는 것.

아아, 그래도—.

그 빛나는 세계의 파편은 어디에도 없지만 소녀의 가슴 속에는 분명하게 남아있었다. 1년 전 그 날, 소년이 말했던 대로다. 무언가는 아직 여기 있다.

예쁘다는 말에 볼이 빨개졌다.

아무것도 아닌 척을 하며 같이 담요를 둘렀다.

심장이 튀어나올 정도로 두근거렸다.

덕분에 평소보다 빨리 눈이 떠져서, 그의 자는 모습까지 볼 수 있었다. 속눈썹이 제법 길다. 자는 얼굴은 좀 어린애 같았다.

무엇보다 자는 동안 계속 남자 아이는 손을 잡아주었다.

이런 행복이 또 있을까.

바로 지금, 지나간 4년에 이르는 나날 가운데 자신이 소년에게 품고 있던 감정을, 과거에는 인정하지 못했던 것을 이제는 인정할 수 있을 것 같았다.

나는 그를—.

"있잖아, 요시. 날 발견해줘서 고마워."

누구에게도 닿지 않는, 눈처럼 사라져 버릴 말을 중얼거린 소녀는 소년의 집으로 서둘렀다.

오른손에는 아주 달달하고 약간 씁쓸한 두 사람의 『약속』을…….

왼손에는 언젠가 둘이서 올려다보던 핑크색에 물든 『소원』을…….

놓치지 않도록 꽉 쥐고서.

곧 2월 14일의 밤이 밝는다.

아무도 모르는 이야기는 막을 내리고, 또 다른 새로운 이야기가 시작된다.

하지만 그래도…… 소년은 알린다. 소녀는 말한다.

이건 이제 어디에도 없는, 그러나 틀림없이 존재했던 세계에서 가장 행복한 사랑의 흔적.

Contact.

우리가 마침내 도달한 곳

214+1

"얘, 뭐해?"

생판 처음 보는 소년에게 말을 걸었다.

산책하는 김에 근처 공원에 들린 나는 그곳에서 몇 시간이나 계속 달리는 작은 뒷모습을 발견했다.

아마 초등학생인 것 같았다.

작은 몸.

가느다란 팔다리.

단정한 얼굴은 아까부터 내내 진지했다.

흐르는 땀이 눈물처럼 흘러 넘쳤고 그걸 체육복 소매로 닦고 털어낸다. 공중에 뿌려진 땀의 표면에 오렌지색 빛이 반사되어 강한 빛을 뿌렸다. 하지만 무엇보다도 내 마음을 사로잡은 건 누가 봐도 필사적이고, 속상해보이고, 포기하지 못하는 얼굴이었다.

예전 누구의 모습과 약간 겹쳐보이는 기분이라서……

그 누군가는 눈앞의 소년보다는 조금 어른이었는데, 하지만 소년과 마찬가지로 아직 어린애였다. 인정하지 못하고 고집을 부리면서 뛰고 뛰고—.

어디에도 존재하지 않는 곳으로 가려고 발버둥쳤다.

눈에 들어온 땀이 따가워서 눈물이 날 것 같은데도 여름의 푸른 하늘이 너무 선명해서 눈물조차 말라버렸던가. 아직도 눈을 감으면 생각난다.

지금 여기 있는 모든 것을 무엇 하나 잊지 않겠다고 맹세했던, 가장 더운 여름날 있었던 일.

태양 냄새가 났다.

흙냄새가 강했다.

땀이 흘러서 찝찔했다.

그 시절의 나와 같은 행동을 아까부터 소년은 계속 반복하고 있었다. 땅에 손가락을 짚고, 앞을 노려보고, 호흡을 가다듬고 뛰었다. 스피드가 오르기 조금 전에 페이스를 떨어뜨리고 다시 원래 장소로 돌아와서는 땅을 짚었다. 무한 반복.

계속 스타트 연습만 반복하고 있는 모양이다.

집중했는지 내 목소리는 못 들은 것 같았다.

벤치에서 일어나 봄의 저녁 공기를 들이마셨다. 약간이지만 달달한 냄새가 나는 느낌이었다. 아직 벚꽃은 안 피었지만······.

"꼬마야, 너. 뭐하는 거야?"

아까보다 훨씬 큰 목소리로 물었다.

소년이 몸을 움찔하고 이쪽을 올려다보았다.

"어?"

소년의 이마에서 땀이 흘러 떨어졌다.

쏴아, 바람이 분다.

커다란 눈동자를 가리고 있던 긴 머리카락이 둥실 떴다.

별이 가득한 밤하늘 같은 칠흑색 눈동자에 비친 내 모습이 조금씩 커지면서, 애매했던 세계와의 경계선이 또렷하게 떠올랐다. 조금 전까지는 풍경의 일부였을 내가 그의 세계로 한 걸음 들어갔다는 증거다. 이렇게 사람과 사람은 만나고 이어진다.

"안녕. 난 세가와 하루요시야."

내가 말했다.

"네? 아, 음. 나, 나나, 아니. 저, 저요?"

고개를 갸웃거리는 소년에게 고개를 끄덕여보였다.

그러자 그도 응해주었다.

"아, 안녕하세요. 전 하루토예요."

대학 생활의 끝이 다가오는 발소리가 가까워진 어느 봄날.

이렇게 내게 초등학생 친구가 생겼다.

"어제 그런 일이 있었어."

"창문 열어도 돼?"

"그래."

내 대답을 듣자마자 조수석에 앉아있던 타쿠마가 차의 창문을 내렸다. 아직 차가운 봄바람이 차 안을 세정하듯이 미지근한 공기를 밀어내면서 타쿠마의 앞머리도 거꾸로 세워놓았다. 아아, 시원하다. 친구는 그런 말을 하면서 창가에 얼굴을 올리고 꽤 오래 전에 유행했던 아이돌 노래를 흥얼거리기 시작했다. 봄의 시작을 알리는 사랑 노래다.

"봄이니까."

"네 이름 정도는 알아[#4]. 우리가 몇 년을 알고 지냈는데."

"그런 재미없는 농담은 됐고. 그보다 내 얘기 제대로 들었어?"

#4 네 이름 정도는 알아 일본어에서 「봄」을 하루라고 발음하는 것을 이용한 농담.

"그래, 들었다. 초등학생 정도 되는 미소년에게 말걸었다가 은팔찌 철컹철컹 하는 얘기잖아."

"그런 말 안 했거든."

아무래도 나와 소년의 만남에는 별 관심이 없는 모양이다.

아버지의 차를 빌려서 역까지 고등학교 친구를 데리러 간 것은 바로 30분 전의 일이었다.

황량해진 고향 역에서 나온 키 큰 친구는 오랜만에 보는데도 바로 알아볼 수 있었다. 소년에서 청년으로 얼굴은 훌쩍 변했지만 웃으니까 고등학교 시절의 모습과 정확하게 일치했다.

「여어」 하고 손을 들기에 「여어」 하고 똑같이 대답했다.

그런 변함없는 재회는 시간이 지나 멀어진 거리감을 1초 만에 원상복귀 시켜주었다. 물론 우리에게 그건 환영할만한 일이었지만…….

타쿠마의 짐을 짐칸에 싣고 역 앞의 주차장에서 차를 뺐다. 학교에 다니면서 매일 보던 길을 시원하게 달렸다. 시속 54킬로미터.

고등학교 3년을 걸어가는 속도라고 한다면, 대학교 3년은 말 그대로 이 정도의 속도로 지나가버린 것 같다.

틀림없이 남은 1년도 마찬가지로 순식간에 지나갈 것이다.

익숙한 경치에 느낀 게 있는지 타쿠마가 차 안으로 얼굴을 집어넣고 물었다.

"그러고 보니 넌 언제까지 여기 있냐?"

"앞으로 일주일 정도. 봄방학이 시작되고 바로 이쪽에 돌아왔으니까 꽤 오래 있었지. 슬슬 취직 준비도 해야 하고. 타쿠마 넌?"

"난 글쎄. 시간은 있으니까 한동안 여기 있을지도. 취직 확정된 곳도 있고."

타쿠마가 아무렇지도 않게 말한 한 마디에 「뭐?」하고 나도 모르게 얼굴을 찡그리고 말았다. 마음의 동요가 손에 전해져 핸들이 약간 흔들렸다. 당연히 차도 반응해서 하마터면 중앙선을 넘을 뻔했다. 으악, 위험하잖아. 타쿠마의 목소리에 놀라움과 비난의 색이 실렸다.

"그렇게 놀랄 건 없잖아. 빠른 곳은 이미 결정되기 시작했어."

"난 아직 지원서도 안 썼는데."

"넌 이상한 곳에서 성실하다니까. 보나마나 내가 하고 싶은 건 뭘까, 하고 중학생 같은 고민이나 하고 있겠지."

"윽."

"정답이냐. 넌 그런 면이 너무 서툴러. 일단 가보면 되는데. 앞으로 가다보면 어딘가에 닿을 테니까. 그건 어쩌면 처음에 상상했던 것보다 재미있는 곳일지도 몰라. 길이라는 건 결국 어디로든 통하게 되어 있거든. 왜 그걸 모르지?"

타쿠마의 말에 「나도 알고는 있는데」하고 나오려던 말을 집어 삼켰다. 필사적으로 어딘가를 찾아가면 그곳에서 무언가가 기다리고 있을 것이라는 건 나도 잘 안다. 하지만 그 한 걸음을 내딛으려면 엄청난 힘이 필요하다. 혹은, 용기가……

고견을 늘어놓는 친구의 말에 귀가 좀 따가워서 대꾸를 하기로 했다.

"너, 홋타 씨랑 싸워서 여기로 돌아온 거잖아."

홋타 마코토는 뭐, 말하자면 타쿠마의 여자친구다. 도쿄로 대학을 간 타쿠마는 5월초 연휴가 됐을 무렵에는 이미 홋타 씨와 사귀고 있었다. 나이는 우리보다 세 살 위로, 지금은 석사 과정 중이었다.

몇 번 만났는데 예쁘고 똑똑한 사람이었다.

내게는 아주 야무진 그녀가 어른의 본보기처럼 보였다.

타쿠마를 진정한 의미로 어린애 취급할 수 있는 사람은 찾아보기 어려우니까.

"그걸 어떻게 알아. 마코가 무슨 말 했어?"

타쿠마의 시선이 얼굴을 찔렀다.

"아니, 그냥 해본 말인데. 좀 전의 그 말이 나한테만 하는 말은 아닌 것 같아서."

"윽."

"정답이군. 나도 네 그런 면이 엄청 서툴다고는 생각해. 취직된 곳을 반대해?"

후우, 하고 타쿠마는 숨을 내쉬고 등받이에 몸을 기댔다. 일단 대기업이야. 그렇게 말하는 목소리는 웬일로 정말 힘없이 들렸다.

"월급도 나쁘지 않고 사원 복지도 좋아. 근데 직종이, 내 전공이랑은 미묘하게 결이 다르단 말이지. 여친은 그게 아깝다잖아. 난 꽤 재미있는 회사라고 생각했는데."

"거긴 제1지망이야?"

"아니, 3지망인가."

"그래서 그런 거 아냐?"

"역시 그런가?"

"네가 후회 안 하길 바라는 거겠지."

"그래도 나도 깊이 생각하고 내린 결정이야. 응원해주길 바랐는데."

"난 또."

사거리에서 우회전했다. 좁은 골목으로 들어가는 거라 브레이크를 밟아서 조금 속도를 떨어뜨렸다. 제대로 정비되지 않은 길이라 차가 덜컹덜컹 흔들렸다. 나도, 그리고 타쿠마도.

같은 곳에서 똑같이 흔들렸다.

"뭐가?"

"좀 안심했다."

"그러니까 뭐가."

"너도 아직 진로로 고민하는구나. 나랑 별 차이 없네."

"시끄러워~."

이윽고 시에서 하고 있는 도로 확장 공사 간판이 눈에 들어왔다. 오, 하고 나도 모르게 기분이 좋아졌다. 반대 차량이랑 스쳐 지나갈 때 한 대씩 기다리지 않아도 돼서 사고 리스크도 줄어들 테니까.

다만 도로를 넓히기 위해서는 그곳에 있던 무언가를 철거해야만 한다.

잃는 것 없이 무언가를 손에 넣는 건 불가능하다.

콘으로 둘러싸인 확장 예정 부분은 아직 땅도 고르지 않은 상태였지만 이미 그곳은 공터가 되어 있었다. 고작 그 정도로도 나는 여기 무엇이 있었는지조차 떠올리지 못했다.

"하루, 저기 뭐가 있었더라?"

아무래도 타쿠마도 같은 생각을 한 모양이다.

"나도 생각 안 나네. 자주 봤을 텐데."

"왠지 쓸쓸하네. 기억도 못 하다니."

"그러고 보니 역 앞 편의점도 사라진 거 눈치챘어?"

"아니, 있었잖아."

"아냐. 망하고 다른 편의점이 들어왔어. 아마 내가 모르는 곳에서 마을이 변하고 있겠지. 영원한 건 없어. 그리고 아마 이런 일이 계속 이어지겠지."

우리 둘 사이에 무언가가 흘렀다. 흔한 감정이다. 말로 하는 건 간단하다.

하지만 만약 말이라는 윤곽을 부여하면 다음 순간 그 녀석은 우리 마음에 적의를 드러낼 것이다. 그건 무척 아플 것이다. 그래서 우리는 그러지 않을 것을 택했다.

한참 후 타쿠마가 평소처럼 중얼거렸다.

"오, 보인다. 여긴 아직 그대로네."

눈앞에 우리가 3년 동안 다닌 고등학교의 변함없는 모습이 보이기 시작했다.

알고 있었지만 나도, 타쿠마도 조금 안심했다.

고등학교 교내로 들어간 것도 꽤 오랜만이었다.

타쿠마가 농구부 고문인 와타나베 선생님에게 볼일이 있으니까 같이 가자고 말해주지 않았다면 졸업한 학교에 올 일은 없었을 것이다.

사무실 아저씨에게 인사를 하고 둘이 같이 교무실로 가보니 토요일임에도 불구하고 와타나베 선생님 외에 다른 선생님들이 몇 명 기다리고 있었다.

책상 배치는 딱히 변한 게 없었지만 선생님 몇 분은 이동이 있었는지 과거 어린아이 사진이 붙어 있던 책상 위에는 기동전사 미니 피규어가 놓여 있었다.

열어젖혀 놓은 창문으로 보이는 건 손을 뻗으면 닿을 것처럼 가까이 있는 벚나무 꽃봉오리. 만개까지 앞으로 얼마 안 남았으리라.

하얀 꽃이 그 뺨을 핑크색으로 물들이고 아름답게 춤추는 건 또 그 후의 일일 것이다.

"그나저나 미도. 또 커졌구나. 이제 2미터 넘는 거 아니냐?"

"그럴 리가요. 성장은 옛날에 멈췄어요. 그저 이렇게 남자로서의 그릇 같은 게 커진 것뿐이에요."

"으하하하. 말솜씨가 제법 늘었구나, 요놈."

와타나베 선생님이 타쿠마의 어깨를 툭 쳤다. 아파요, 같은 소리를 하면서 타쿠마도 와타나베 선생님의 어깨를 가볍게 쳤다. 고등학생 때는 볼 수 없던 광경이다.

타쿠마는 동아리 중에는 자주 혼났고 입을 열면 불평뿐이었다. 그래도 같이 쌓아온 시간이 있고, 공유했던 마음이 분명히 있었기에 두 사람은 지금 이런 식으로 오래 된 친구처럼 얘기할 수 있는 것이다. 이런 미래로 이어진다면 타쿠마가 고등학생 때 분발했던 것은 유의미한 것이리라.

그대로 두 사람이 내가 모르는 후배들 얘기로 불타오르기 시작해서 이야기를 방해하지 않기 위해 약간 자리를 피해주었다. 추억 속에 외부인은 필요 없다.

그러자 다른 선생님과 눈이 마주쳤다.

그녀는 웃긴다는 듯이 싱긋 웃었다.

안경 안의 매서운 눈빛은 여전했지만 풍기는 분위기가 조금 부드러워진 것 같았다.

코자토 선생님이었다.

슬슬 교사가 된 지도 만 4년이 되어가고 있으니 그 시절보다는 다소 선생님이라는 직업에 익숙해졌을지도 모른다. 돌이켜보면 그 까칠한 분위기는 틀림없이 성실한 코자토 선생님이 정장과 함께 두른 보호구였을 것이다.

학생들에게 얕잡혀 보이지 않도록…….

사회인으로서 홀로서기를 할 수 있도록…….

당시 고등학생이었던 우리는 선생님이 서 있는 곳과 거리가 아직 멀어서 깨닫지 못했지만 3년이 지난 지금이라면 조금 이해가 된다.

"오랜만이에요."

"그래, 오랜만이다, 세가와."

"저는요?"

"미도는 이쪽에 돌아올 때마다 놀러왔잖니."

"아아, 그랬어요? 근데 타쿠마 같은 녀석은 드물죠?"

"그러게."

코자토 선생님은 역시 부드럽게 웃으면서 긴 머리를 귀 뒤로 넘겼다.

"드물지도. 여긴 이제 너희 일상이 아니니까. 졸업하고 성장하고 또 각자의 장소를 찾아가겠지. 나도 그랬고. 그래도 가끔은 좋잖아?"

"그 시절 일들이 많이 생각나네요."

말은 이렇게 했지만 내겐 고등학생 때 친구들과 놀러 다닌 기억이 거의 없다.

아니, 기억상실이라는 것도 아니고 딱히 따돌림을 당한 것도 아니었다.

매일 학교에는 나왔고 친구들과 여름 축제에도 가고 시험공부도 열심히 했고 수험 전에는 신사에 기도하러 갔던 것도 똑똑히 기억한다.

다만 학교에서 한 걸음 나오면 대부분의 기억 속에서 나는 혼자였다.

혼자 여기저기 가고, 혼자 많은 것을 하고 혼자 웃었다.

벌써 꽤 멀어진 나날들이, 그래도 내 안에서 혈액처럼 온기를 유지한 채 색이 바래지 않고 계속 흐르고 있었다.

창밖으로 펼쳐진 푸른 봄 하늘을 눈을 가늘게 뜨고 보면서 생각했다.

그 나날들에 느낀 모든 감정.

그건 기쁨이기도 하고, 분노이기도 하고, 초조함이기도 하고, 슬픔이기도 했지만 그 모든 것을 통틀어서 분명히 내 청춘이었다.

지금의 나를 분명하게 만들어준 사랑스러운 시간.

"그러게. 나도 어리석었지. 성실한 학생이라고 생각했던 세가와가 설마 신문부의 흉계에 협력했을 줄이야."

"흉계라니 너무 오버예요. 그보다 코자토 선생님『그거』에 대해 알고 계세요?"

아무리 졸업생이라고 해도, 교무실 안에서 당당하게『미스콘』이야기를 할 수는 없었다. 그건 예외적으로 넘어가준 것뿐이고 표면상으로는 선생님들은 모르는 것으로 되어 있기 때문이다.

그걸 알았는지, 코자토 선생님은 내게 얼굴을 슥 들이밀더니 키득 웃었다. 그리고 비밀 이야기를 하듯 조그만 목소리로 이렇게 말했다. 귓속이 간지러웠다.

"나, 지금은 신문부 고문이야."

왠지 즐거운 목소리에 나도 모르게 웃어버렸다.

틀림없이 코자토 선생님은 우리가 다니던 그 시절보다 훨씬 인기가 많아졌을 것이다.

아직 와타나베 선생님과 신이 나서 떠드는 타쿠마를 교무실에 남겨둔 채 잠깐 혼자 학교를 산책하기로 했다.

휴일의 학교에는 사람이 적어서 사복으로 걷는 나를 신경 쓰는 사람은 없었다. 도중에 내게는 그리운 교복을 입은 소년과 지나쳤지만 그는 고개를 꾸벅 숙이고 복도를 뛰어갔다.

예나 지금이나 복도를 뛰면 안 된다는 규칙을 완전히 지키는 사람은 이 학교라는 공간에는 없었다.

문득 지금의 나와 그리 나이차가 많이 나지 않는 여선생님의 얼굴이 떠올랐다.

그 얼굴이 개구쟁이 같은 웃음으로 덮였다.

아아, 다시 말해야겠군. 적어도 지금은 없었다. 틀림없이 코자토 선생님 역시 조금 가벼워진 발걸음으로 아무도 안 보는 곳에서 복도를 뛰어다닐 것이다.

계단을 올라가 예전에 우리가 생활했던 교실 쪽으로 갔다.

졸업식이 이미 끝난 텅 빈 공간에는 아직 이름도 모르는 후배들의 흔적이 머물러 있었다. 칠판에 희미하게 남아있는 졸업 축하한다는 글자들. 우리 때와는 다른 학급 목표.

별생각 없이 만진 책상의 반질반질한 표면에는 약간 상처가 남아 있었다. 누군가가 수업 중에 심심풀이로 커터칼이나 뭔가로 판 것이리라.

마침 예전에 내가 앉았던 자리였다.

모처럼 왔으니 오랜만에 앉아보기로 했다. 물론 책상도 의자도 내가 쓰던 것과는 달랐다. 보이는 광경이 조금 다르게 느껴지는 건 그래서일까.

아니면 주변에, 아니 옆에 아무도 앉아있지 않기 때문일까.

눈에 익었을 모든 것들에 조금 빛바랜 빛이 고여 있는 것 같았다. 언제나 우리가 중요한 것의 가치를 깨닫는 건 그 계절이 지나고 나서였다.

열려있던 창으로 바람이 불어 들어오자 커튼이 부풀면서 어둑어둑한 교실에 하늘의 푸른색이 스며들었다.

갑자기 고등학생이었던 그 시절로 세상이 돌아갔다. 선생님이 읽어주던 교과서의 글자들. 쉬는 시간의 소음. 타쿠마가 나를 놀리고 아카네가 나를 부른다.

하지만 커튼이 다시 창을 덮자 어두컴컴한 교실은 3년 후인 지금의 것이 되었다. 환상은 멀고 만질 수 없다.

시간이 분명하게 흘렀다.

여긴 더 이상 내가 앉을 자리가 아니었다.

쓸쓸하군, 하고 생각했다.

그렇게 생각할 정도의 추억이 그 시간 속에는 틀림없이 존재했다.

하지만 슬프지는 않았다.

그게 올바른 것이라는 걸, 스물한 살의 나는 이미 똑똑히 알고 있으니까.

책상에 푹 엎드려서 자다가 주머니에 넣어둔 스마트폰의 진동에 깼다. 누가 전화한 건지 확인도 하지 않고 익숙한 손놀림으로 폰을 조작해서 하품을 참으면서 전화를 받았다.

"네에."

"너, 지금 어디서 뭐 하냐?"

물론 상대는 타쿠마였다.

"교실에서 낮잠 잤어."

"팔자 좋다."

"그렇지. 볼일 끝났냐?"

"어. 그래서 돌아가기 전에 체육관에 들리려고 하는데 너, 올 수 있냐?"

"오케이. 그럼 거기서 보자."

"오키~."

의자에서 일어나 교실에서 나갔다. 마지막으로 한 번 더 머릿속에 교실 분위기를 똑똑히 새긴 다음 문을 닫았다.

계단을 두 칸씩 내려갔다.

1층으로 내려와 유도장 옆을 지나면 바로 체육관 앞이었다.

약속대로 타쿠마가 기다리고 있었다.

"나 왔다."

타쿠마가 와타나베 선생님에게 빌려온 열쇠로 문을 열자 둘이서 쓰기엔 너무 넓은 공간이 눈앞에 펼쳐졌다.

졸업식 때 교가를 부르면서 두 번 다시 들어올 일은 없을 거라고 생각한 곳에 다시 발을 들였다고 생각하자 조금 감개무량했다.

타쿠마는 이미 다 안다는 듯이 재빨리 용구실로 들어가서 약간 낡은 운동화 두 켤레와 농구공을 들고 왔다. 체육관의 높은 천장에 신발 끈 풀린 운동화가 높게 춤췄다. 그걸 잡는 것과 동시에 내 목소리가 쩌렁쩌렁 메아리쳤다.

"이게 뭐야?"

"가끔 운동화를 깜빡 하고 오는 녀석이 있어서 예비로 저기 숨겨 놨어. 그대로라 다행이네. 사이즈 괜찮아?"

시키는 대로 신발 바닥에 프린트 된 숫자를 확인했다. 딱 내 사이즈였다.

"응, 괜찮아."

"그래, 오케이, 자. 농구 하자."

"아니, 안 할 건데."

"왜?"

진심으로 의아하게 여기는 목소리였지만 그건 내가 할 말이었다.

중고등학교, 그리고 대학교에서까지 농구 동아리를 하던 사람에게 체육 수업 때만 하던 내가 도전해봐야 제대로 된 승부가 될지 의문이다.

"아무리 생각해도 내가 이길 리 없으니까."

"그럼 1대 1로 하루가 선공. 상대에게 공을 빼앗기면 공격 종료. 그리고 네게 열 번의 기회를 줄게. 난, 그래. 한 번이면 돼. 1점이라도 많은 쪽 승리."

"어딜 어떻게 들어야 그럼, 으로 이야기가 이어지는 거지?"

"진 사람이 오늘 음료값 내기."

"음료값 내기는 무슨. 멋대로 이야기를 진행시키지 마."

타쿠마가 말하면서 멋대로 납득하고 운동화를 신기 시작하자 마음이 불편해진 나도 결국 신발을 신었다. 예비 운동화는 낡아빠지고 너덜너덜할 줄 알았는데 아무래도 제대로 손질을 해두는 모양이었다. 신은 느낌이 나쁘지 않았다.

신발끈을 묶고 일어났다. 신발 끝으로 바닥을 통 쳤다. 왠지 딱딱한 소리가 작게 울렸다가 사라져버렸다.

그대로 타쿠마가 무릎을 굽혔다 펴며 스트레칭을 하고 몸의 가동 부분을 확인하듯이 움직이기 시작해서, 나도 오랜만에 체조를 했다. 곧 몸이 뜨거워졌다.

한 차례 체조를 끝내자 타쿠마가 오렌지색 공을 이쪽으로 통 던졌다. 그걸 다시 던지자 타쿠마가 한 번 더 내 쪽으로 던져줬다. 시합 개시를 알리는 신호다.

타쿠마는 거리를 벌리고 자세를 낮춘 후 헤이헤이, 하고 도발을 시작했다.

공을 코트에 튕기자 탕 하고 튕겨서 손안으로 돌아왔다. 체육관 위에 설치된 채광창으로 빛이 들어왔다. 하늘도 보인다. 아까도 본 푸른 봄이다. 청춘이다. 유치하다고 비웃는 사람도 있겠지만 나는 의외로 이런 걸 싫어하지 않았다.

아아, 그렇다. 싫어하지 않는다.

쓰읍 숨을 들이마시고 세차게 후우 하고 내뱉었다.

그 기세를 몰아 골로 파고들었다.

당연히 타쿠마가 방해하기 위해 자기 몸을 밀고 들어왔다. 왼손을 앞으로 뻗고 몸을 끼워 넣어 거리를 확보한 후 타쿠마의 손이 닿지 않는 곳에서 계속 드리블을 했다.

"그렇게 빼더니 제법 열심이잖아."

"상대해주지 않으면 친구가 울 것 같아서."

"아아, 그래. 고마워서 눈물이 난다, 참."

타쿠마가 내 왼손의 방패를 강제로 돌파하고 안쪽의 볼로 그 기다란 팔을 뻗어 들어오자 몸을 빙글 돌려서 타쿠마를 제쳤다. 등 뒤에서 오오, 하고 타쿠마의 탄성이 들려왔다. 놀란 건 나도 마찬가지였다. 잘한다. 너무 잘한다.

눈앞에 아무도 없는 텅 빈 공간이 펼쳐져 있었다.

아마 이런 순간은 농구를 하는 사람 모두에게 있을 것이고 그 순간을 또 맛보고 싶어서 힘든 연습을 견디는 것이리라.

갑자기 어제 만난 소년의 옆모습이 머릿속을 스치고 지나갔다.

하지만 그 얼굴은 그런 느낌이 아니었지.

더 절실한 느낌.

그대로 빈 공간으로 뛰어가 속도를 줄였다. 삐익, 운동화가 바닥을 미끄러지는 소리를 내며 생각대로 브레이크가 걸렸다. 그대로 다리를 용수철처럼 굽혔다가 점프. 링을 향해 볼을 던졌다.

깔끔하게 회전이 걸린 볼이 링 쪽으로 빨려 들어갔다. 주먹을 꽉 쥐었다. 좋아, 이거면 지진 않겠지. 앞으로 아홉 번이 전부 막힌다고 해도 타쿠마의 공격이 한 번밖에 없는 이상, 최악의 경우라도 동점이다.

하지만 나의 그런 달콤한 계획은 뒤에서 뻗어온 손에 볼과 같이 튕겨나가고 말았다. 누구의 손인지는 뭐, 생각할 필요도 없었다. 귀

신이 아닌 이상, 여긴 나 말고는 타쿠마밖에 없다.

튕겨져 나간 공쪽으로 이미 뛰기 시작한 친구는 공을 잡고 에헤헤 웃었다.

"앞으로 아홉 번."

정신을 차려보니 나도 정색하고 대들고 있었다.

첫 번째가 제일 상태가 좋았다.

두 번, 세 번, 네 번을 반복할 때마다 움직임이 둔해지고 있음을 스스로도 알 수 있었다. 다리는 아프고 팔은 무겁다. 대학 강의 중엔 선택 과목에 체육이 있는 정도로, 그 외에는 따로 운동할 기회도 없었다. 그 선택 과목조차 1학년 1학기에 바로 이수해 버려서 나로서는 2년 반 만에 하는 제대로 된 운동이었다.

무엇보다 타쿠마가 1회 이후로는 완전히 타이밍을 계산해서 정확하게 디펜스를 했기 때문에 슛을 쏘는 것조차 어려웠다.

"이, 괴물 체력, 자식."

헉헉 거친 숨을 내쉬면서 눈앞에서 천연덕스럽게 구는 친구를 노려보았다.

"흐흥. 칭찬으로 듣도록 하지."

여덟 번째 공격이 끝났지만 성과는 제로. 순식간에 기회는 두 번밖에 남지 않았다. 한 번 정도는 골에 들어가지 않을까 안일하게 생각했던 스스로를 때려주고 싶었다.

타쿠마가 공을 이쪽으로 던져주었다. 그걸 받은 나는 3점 라인까지 걸어서 돌아갔다. 조금이라도 체력을 회복하지 않으면 이길 승부도 이길 수 없다.

어깨를 위아래로 씩씩거리면서 시간을 벌기 위해 타쿠마에게 말을 걸었다. 그리고 의미가 있을지는 모르겠지만 상대를 도발해 보기로 했다.

스포츠는 멘탈에 따라 크게 퍼포먼스가 바뀐다.

누군가에게 응원을 받으면 실력 이상의 것이 나오기도 하니까 틀림없이 좋아하는 사람이 골에 서서 기다려준다면 100미터를 5초 만에 주파, 하는 건 역시 무리인가.

하지만 아마 살짝 등을 밀어주는 정도는 될 것이다.

그 첫 걸음이 필요한 때도 분명히 있었다.

"어이, 타쿠마."

"뭐야, 항복이냐."

"설마 그러겠냐. 나 생각난 게 있는데."

그건 조금 전, 어제 만난 남자 아이의 옆모습을 떠올렸을 때의 일이다.

타쿠마의 어깨가 움찔 움직였다.

"홋타 씨가 말야, 네가 취직한 회사에 반대했다고."

"그 이야기는 이제 됐어."

타쿠마가 말을 하고 문득 경계를 푼 것과 동시에 볼을 손을 향해 던졌다. 오랫동안 쌓아온 경험이 반사적으로 볼을 잡아 내게 다시 던져줬다. 동시에 나는 뛰기 시작했다.

"어, 어이. 비겁하다!"

"비겁하긴. 전략이라고 해줘."

두 걸음 만에 타쿠마와 나란히 서서, 타쿠마가 반사적으로 움직이는 것을 확인한 후 예정대로 반대쪽에 중심을 이동시킨 뒤 단숨에 빠져나갔다. 강철 체력이라고 해도 피로가 전혀 없는 건 아닐 것이다. 타쿠마의 무릎이 휘청 꺾이면서 자세가 무너졌다.

그 틈에 최대한 링으로 가까이 뛰었다.

조금 뒤늦게 타쿠마가 쫓아오는 기척이 뒤에서 느껴졌다. 이대로 슛을 시도해봐야 첫 번째의 실패를 반복할 뿐이다.

그래서 쫓아오는 걸 끝까지 기다렸다가 볼을 양손으로 잡았다.

슛 동작을 취했다고 착각한 타쿠마는 이제 점프하는 수밖에 없었다. 그때 나는 무릎만 뻗었다. 발은 아직도 땅을 딛고 있었다.

"아."

타쿠마의 목소리가 울려 퍼졌다.

타이밍을 달리 하여 타쿠마와 교대로 점프했다.

모든 게 슬로우모션으로 보였다. 약간 풀리려는 신발끈. 타쿠마의 분한 표정. 체육관의 천장. 푸른 하늘. 점점 돌아와서 내가 목표로 한 건 골대.

오직 그곳을 노리고 볼을 던졌다.

"가라~."

정신을 차려보니 셔츠가 땀 때문에 등에 들러붙어 있었다.

목도 마르다.

그래도 지금 이 순간이 최고였다.

오렌지색 공은 한 번 테두리에 부딪쳤다가 튕겼지만, 밸런스를 잡듯이 빙글빙글 가장자리를 따라 춤추다가 마지막에 간신히 링 안으로 떨어졌다.

"아아, 제기랄. 저런 초보적인 페인트에 걸리다니."

분해하는 친구를 무시하고 마지막 공격을 재빨리 재개했으나 이번에는 바로 막히고 말았다. 두 번째 기습만큼 무의미한 것도 없다. 무엇보다 나 자신이 텅 비고 말았다.

"이걸로 난 2점인데 타쿠마, 계속 할 거야?"

"당연하지. 뭘 다 이긴 것처럼 굴어?"

짝, 손뼉을 치고 공격과 수비를 교대.

타쿠마는 후우~ 하고 호흡을 가다듬고 볼을 던졌다.

방금 전까지 타쿠마가 그랬던 것처럼 볼을 다시 던져주자 그가 빠르게 움직였다. 공을 받자마자 그대로 호흡하듯이 자연스럽게 볼을 던졌다.

"엥?"

나는 아무것도 하지 않고 그저 그 궤도만을 지켜봤다.

타쿠마의 손에서 떠난 볼이 깨끗한 곡선을 그리면서 스르륵 링으로 빨려 들어갔다. 백보드에 닿지도 않는 정밀하고 아름다운 숏이었다. 그물이 출렁이는 소리가 나고서야 겨우 세계는 시간을 되찾았다.

"자, 내가 이겼다."

타쿠마는 쳐든 손을 꽉 움켜쥐면서 승리를 외쳤다.

"왜. 이걸로 동점이잖아."

"멍청한 소리 하지 마. 내 건 3점슛이니까 3점이지. 넌 그냥 2점. 그리고 내가 처음에 말한 규칙은 1점이라도 많은 쪽이 승리잖아. 그러니까 내가 이겼어."

"왠지 이런 거 만화에서 본 것 같은데. 치사하다. 처음부터 이걸 노린 거지?"

"으하하하. 뭐 그렇지. 아~, 재미있었다."

그 모습을 보니 투덜투덜 불평하던 것도 연기였다고 보는 게 맞을 것 같다. 분하지만 완패였다. 타쿠마는 골 아래에서 튀고 있는 공을 잡아 체육관 바닥에 댔다.

초보인 나와는 전혀 다르다.

타쿠마가 다루는 공은 마치 의지가 있는 것처럼 그 커다란 손바닥에 빨려 들어가서 떨어지지 않았다.

"어이, 하루. 지는 사람이 음료수 사는 거 였잖아."

"알아. 진 건 진 거니까. 오늘은 내가 살게."

"아니, 그게 아니라. 음료는 됐으니까 아까 하던 얘기나 계속 해봐."

"아까 하던 얘기?"

"아, 다 까먹다니. 혹시 아무말이나 했던 건 아니겠지?"

"그러니까 대체 무슨 얘기?"

"마코가 내가 취직한 회사에 반대한 이유."

"아아, 그거 말이구나."

완전히 까먹고 있었다.

"아무말이라고 할까, 그냥 생각해본 거야. 홋타 씨는 타쿠마를 응원해준 게 아닐까 하고."

"어딜 어떻게 듣고 그렇게 생각한 거냐?"

"음. 잘 생각해보면 홋타 씨가 아깝다는 이유만으로 네 진로를 일일이 반대할 사람 같지는 않아서."

이렇게 말하며 타쿠마도 그 정도는 알고 있지 않을까 생각했다. 하지만 그 이유를 모르니 평소 홋타 씨와는 다른 게 느껴져서 틀림없이 도망쳐온 것이리라.

타쿠마는 드리블을 멈추고 손가락 끝으로 공을 돌리기 시작했다.

"그렇군. 그래서?"

"그러니까 왜 반대하는 걸까, 싶어서. 난 홋타 씨가 아니니까 정답이 아닐지도 모르지만, 틀림없이 마지막 관문이 될 거라고 생각한 게 아닐까."

홋타 씨가 반대해서, 그래서 흔들려버릴 정도의 마음이라면 언젠가 틀림없이 타쿠마는 후회할 것이다. 하지만 반대로 홋타 씨의 반대를 무릅쓰고서라도 하고 싶은 일이라면 조금 힘들더라도 계속해나갈 것이다. 그 소년 같은 절실함으로 열심히 미래를 향해 손을 뻗은 것이라면—.

"하루. 너 좀 변한 것 같다?"

"그런가?"

"응, 그래. 하지만 뭐, 고맙다. 왠지 속이 시원해졌어."

"그럼 다행이고."

둘밖에 없는 체육관에 우리 목소리가 메아리쳤다가 사라져갔다.

타쿠마의 집 앞에서 타쿠마와 짐을 내렸다. 원래 밤에 있을 모임을 위해 한 번 해산할 예정이었지만 예정보다 다소 일렀다.

이유는 차에 탄 타쿠마가 마음이 다른데 가 있는 듯이 멍하게 있었기 때문이었다. 생각하고 싶은 게 있는 것이리라. 얘기하고 싶은 사람이 있는 것이리라.

그래서 혼자만의 시간을 필요로 하는 것처럼 보였다.

"그럼 저녁에 보자."

"응, 미안하다."

"됐다니까. 신경 쓰지 마."

차를 몰자 나보다 키가 큰 남자가 순식간에 작아졌다. 그 남자는 끝까지 거울 속에서 성실하게 손을 흔들고 있었다.

집으로 돌아오자 나츠나가 오븐과 씨름을 하고 있었다.

하나로 묶은 기다란 검은 머리가 기분 좋은 개의 꼬리처럼 흔들렸다.

흥흥흥, 하고 흥얼거리는 콧노래는 바람 소리처럼 맑았고 달콤한 설탕 냄새와 함께 방 안 가득 퍼져나갔다.

중학생 때까지 초등학교 남자 아이들이랑 똑같은 성격이었던 여동생은, 고등학생이 되고 동아리에 들어가면서 180도 바뀌어버렸다. 주체가 안 되던 에너지는 전부 동아리로 발산하는 모양이었다.

그러자 나츠나는 허탈할 정도로 어디서나 볼 수 있는 평범한 여고생으로 전락했다.

동성 친구들이 늘고 수치심을 알게 됐으며 요리와 화장 같은 것에 힘쓰기 시작했다. 직접 말한 건 아니지만 어쩌면 사랑을 하고 있을지도 모른다.

"아, 하루, 어서 와~"

그래도 내가 온 것을 알아차리고 천진난만하게 웃는 그 얼굴은 내가 잘 아는 나츠나의 것이었다.

"나 왔어. 뭐 만드냐?"

"애플파이. 아까 텔레비전에서 만드는 법이 나왔는데, 재미있어 보여서."

"오오, 좋네. 먹고 싶다."

"어? 오늘은 저녁 밥 필요 없다고 안 했나?"

"응. 대학생답게 한 잔 하러 갈 거야."

냉장고에서 우유팩을 꺼내 컵에 따랐다. 꼴꼴 소리를 내면서 새하얀 파도가 투명한 유리컵을 따라 점점 위로 올라왔다. 이윽고 오른손에 들고 있던 팩이 가벼워지더니 마지막 한 방울이 표면을 때렸다.

"술은 맛있어?"

나츠나가 내민 손에 빈 우유팩을 건네자 물로 꼼꼼하게 씻은 후 말려두었다.

"글쎄. 아마 네겐 애플파이가 더 맛있게 느껴지지 않을까."

"그럼 됐어. 애플파이 진짜 먹고 갈 거야?"

"그래. 저녁 약속까지는 시간도 남았고, 운동했더니 배고프다."

고개를 끄덕이고 벌컥벌컥 소리를 내면서 우유를 마셨다. 단숨에 컵을 비우고는 생각보다 내 목이 말랐었다는 것을 깨달았다.

"오케이. 5분 정도면 다 구워져. 준비할 테니까 옷부터 갈아입고 와. 막 구운 거 먹으면 틀림없이 맛있을 거야."

"좋네."

주방에 컵을 내려두자 나츠나가 당연하다는 듯이 그것도 같이 씻어주었다. 고맙다고 하자 나츠나는 팔랑팔랑 손을 흔들고 오븐 안을 아까보다 더 즐거운 눈으로 들여다보았다.

재개한 콧노래를 들으면서 나는 거실을 지나 내 방으로 갔다.

뜨거운 물로 땀을 씻어내고 거실로 돌아오자 나츠나가 왜 이리 늦었냐면서 부루퉁해져 있었다. 미안미안, 하고 사과한 뒤 소파에 앉아있는 동생 옆에 앉았다.

유리 테이블 위에는 이등변 삼각형으로 잘린 애플파이. 그 옆에는 초코 소스를 뿌린 바닐라 아이스크림이 곁들여져 있었다. 바닐라 아이스크림은 옆에 있는 애플파이의 열 때문에 약간 녹아있었다. 나츠나가 부어있는 이유는 바로 이것이리라.

내 시선을 이상하게 착각한 나츠나가 아이스크림은 사온 거야, 하고 어쩐지 겸연쩍은 듯이 중얼거렸다.

"아니, 아냐. 너무 맛있어 보여서."

"정말?"

"그래. 그럼 식기 전에 먹어볼까."

"응. 잘 먹겠습니다."

"잘 먹겠습니다."

함께 외치고 연갈색으로 구워진 파이를 포크로 찔렀다. 바삭, 하는 소리가 났다. 달콤한 냄새가 강해졌다. 달게 조려진 사과가 주르륵 황금색으로 빛났다.

입에 넣자 버터 풍미가 제일 먼저 느껴지고 두세 번 씹자 사과의 산미가 존재를 드러냈다. 가족이라서 그런 걸까, 가게에서 사온 것보다 훨씬 맛있었다.

"음. 맛있어."

"다행이다."

내가 한 입 먹는 것을 지켜본 후 나츠나 역시 애플파이를 입에 넣었다. 꼭꼭 씹어 삼킨 후 잘 됐네, 잘 됐어 하고 자화자찬을 한다.

둘이 같이 애플파이를 먹으면서 텔레비전을 꾹 켰다. 토요일 저녁이라 재미있어 보이는 것은 없었다. 한 차례 채널을 쭉 돌려보고 지역 로컬 정보 방송에 고정했다.

몇 번 본 적 있는 아나운서가 한 번도 본 적 없는 동네를 걷고 있었다.

"왠지 즐거워 보이네."

"그래? 아나운서도 일이니까 힘들지 않을까?"

"아니, 나츠나 너 말이야. 뭐 좋은 일 있어?"

"응. 좋은 일이라고 해야 할까, 하루가 애플파이 맛있다고 했잖아."

"고작 그거?"

"고작 그거라니. 열심히 만든 걸 칭찬받는 건 역시 기쁜 일이지. 그게 내가 좋아하는 것이라면 더더욱 그렇고."

흐음, 하고 나는 애플파이를 한 조각 더 입에 넣은 후 꼭꼭 씹어 먹었다. 그리고 동생 이름을 불렀다.

"나츠나."

"왜?"

"역시 맛있네."

"응."

"기뻐?"

"엄청."

"그럼 고맙다고 해."

"맛있다고 말해줘서 고마워."

"별 말씀을."

"어. 왜 맛있는 걸 만들어준 내가 고맙다고 해야 돼?"

"뭐야, 그걸 이제 알았어?"

「후훗」 하고 웃자 포크를 입에 넣은 나츠나가 「으윽」 하고 신음했다.

그때—

나츠나에게 친 장난에 대한 천벌 같은 일이 벌어졌다.

시야 끝. 텔레비전 속에서 본 적 있는 얼굴이 갑자기 나타나서 애플파이가 목에 멜 뻔했다. 쿨럭 하고 사례가 들려 가슴이 아팠다. 당황한 나츠나가 등을 쓸어 주었고 아이스티를 마셔서 간신히 되살아났다. 그 생과 사의 경계에서조차 희미하게 눈물이 맺힌 눈동자는 계속 텔레비전에 못 박혀 있었다.

머리카락은 짧았고 수염도 밀었지만 저 커다란 덩치도, 낮은 목소리도, 그리고 자잘한 별을 칠한 것처럼 빛나는 어린애 같은 눈동자도 또렷하게 생각난다.

감독이었다.

"우오오오, 내가아아아아, 해냈다아아아."

그 감독이 텔레비전에서 우렁차게 외치고 있었다.

"괘, 괜찮아? 하루?"

나츠나의 걱정하는 목소리가 지금은 멀게 느껴졌다.

"감독이다."

"어?"

나처럼 텔레비전을 본 나츠나가 거기 적힌 글자를 읽었다. 자체제작 영화. ―수상작. 제목은―. 내용은―. 단편적인 정보들밖에 없어서 머릿속에서 전혀 정리가 안 됐다.

딱 하나 알 수 있는 건 언젠가 어린애처럼 꿈을 이야기하던 청년이 그 꿈을 좇았고, 지금 그걸 잡았다는 것뿐. 하지만 그걸로 충분했다.

"아하하하."

생각지도 못하게 웃음이 터졌다. 소름이 쫙 돋고 몸이 떨렸다. 갑자기 미친 듯이 웃기 시작한 오빠를 동생은 약간 겁먹은 눈으로 쳐다봤지만 참을 수 있을 리가 없었다. 나는 웃었다. 이런 건 웃을 수밖에 없잖아. 안 그래?

이제 겨우 스타트 라인에 손가락을 짚은 것뿐일지도 모르지만 그래도 방송에서 오랜만에 본 감독의 모습에 가슴이 뜨거워졌다.

열심히 노력한 사람이 보상 받았다.

그런 당연한 이야기를 나는 무척 좋아한다.

"하루, 이 사람, 아는 사람이야?"

아무것도 모르는 나츠나는 한차례 웃고 난 내게 조심스럽게 물어봤다. 그 얼굴이 너무 우스워서 코를 꽉 쥐자 괴로운 듯이 버둥거리더니 화를 냈다.

"무슨 짓이야?"

그 무렵에는 이미 뉴스가 다음으로 넘어간 후였다.

순식간에 지나간 몇 년 만의 조우.

다음에 또 다른 무대에서 감독의 얼굴을 보게 되는 걸까.

아주 커다란 무대에서 나를 눈치채지 못한 감독을 보고 싶다고 생각했다. 훌쩍 마을을 걷다가 영화 포스터 같은 것에서 그 이름을 보고 싶다고 생각했다.

그럼 아무도 모르는 소소한 자랑을 누군가에게 해볼까.

이 사람 영화에 엑스트라로 출연한 적이 있다고…….

그런 작은 기적을 잠깐 기도했다.

약속 시간보다 조금 일찍 집에서 나와 공원에 들렀다.

오늘도 작은 등은 질리지도 않고 태양을 향해 뛰고 있었다.

아무래도 이쪽을 보지 못한 것 같아서 자판기에서 스포츠 드링크와 내가 마실 따뜻한 코코아를 샀다. 차가운 페트병을 오른손에, 뜨거운 캔을 왼손에 들고 소년에게 다가가서 이름을 불렀다.

"어~이, 하루토."

"어? 아, 으아."

갑자기 이름이 불리는 바람에 깜짝 놀란 하루토는 약간 균형을 잃었지만 쓰러지지 않도록 필사적으로 버텼다. 손을 빙글빙글 휘저었다.

얼굴이 약간 빨간 건 저녁 햇살 때문도, 힘을 너무 줬기 때문도 아니었고 당연히 쑥스러워서 그런 것도 아닐 것이다.

그가 계속 혼자 노력해왔다는 가장 큰 증거였다.

간신히 버텨낸 하루토는 이윽고 숨을 휴우 내쉬고 웃었다.

아직 변성기가 오지 않은 높은 목소리가 내 이름을 불렀다.

"세가와 하루요시 씨."

"왜 풀네임으로 부르는 거야?"

"그러고 보니 그러네. 연상이라서?"

이해하기 힘든 이유였다.

"세가와든 하루요시든, 아니면 그냥 하루라고 불러도 돼. 풀네임은 부르기 힘들잖아."

"으~음, 그럼 세가와 씨라고 부를게."

"왜?"

"나도 하루니까."

"흐음. 그럼 나도 하루토를 이름으로 부를게. 성은 뭐야?"

"어?"

"응?"

놀라서 나를 본 하루토는 어째서인지 기뻐보였다.

"아, 그렇구나. 그럼 비밀로 해둘까. 세가와 씨는 하루토라고 불러."

"그래도 되겠어?"

"응, 그게 좋아."

"그럼 그렇게 하지 뭐."

그렇게 말하면서 상기된 볼에 페트병을 대주었다. 놀란 하루토가 꺄악 하고 여자 아이 같은 소리를 질렀다.

"뭐, 뭐뭐뭐. 뭐하는 거야."

"열심히 하는 하루토에게 형이 해주는 응원. 마셔."

"정말? 고마워."

그 한 마디로 장난친 것을 완전히 잊어버린 모양이다. 바로 페트병을 입에 대고 벌컥벌컥 소리 내며 마셨다.

"후우, 맛있다."

"그거 다행이네."

몇 번인가 한숨을 돌리면서 스포츠 드링크를 비운 하루토는 텅 비어버린 페트병을 쓰레기통에 잘 버렸다. 나 역시 코코아를 다 마시고 벤치에 앉았다. 하루토는 어떡할까 고민하는 것 같았지만 옆을 툭툭 치자 한 사람이 들어갈 정도의 공간을 남겨두고 앉았다.

"그 거리, 은근히 상처인데."

"땀나서……."

"그런 것 신경 안 써."

"내가 신경 쓰여."

싫어하는 하루토에게 들키지 않도록 코에 신경을 집중시켜보았다. 느껴지는 냄새는 아직도 봉오리 형태인 봄의 기색. 매일 따뜻해져가는 태양의 냄새 속에서 조금씩 진해져갔다.

당연히 땀 냄새 같은 건 나지 않았다.

"내, 냄새 맡지 마."

"들켰나?"

"혹시 세가와 씨는 변태야?"

"누구더러 변태래. 그런 소리 평생 처음 듣는다."

"싫다고 하는데도 땀 냄새를 맡으려 하잖아."

하루토는 정말 불쾌한 것을 본 듯한 얼굴이었다.

"미안. 그렇게까지 싫어할 줄은 몰랐어. 이제 안 할게."

"절대로?"

"절대로."

"그럼 용서해주지."

"저기 말이야, 내가 말하는 것도 좀 그렇지만 넌 좀 더 사람을 의심하는 법을 배워야 하지 않을까."

"세가와 씨는 이상한 사람이지만 나쁜 사람은 아니니까. 어려도 그 정도는 알아."

그렇게 하루토는 에헤헤헤 웃었다.

"그렇군. 그럼 하루토는 솔직하고 착한 아이구나. 어른이라 그 정도는 알아."

"그런가."

"그래."

"그럼 좋겠지만."

"하루토."

"왜?"

그네가 흔들렸다. 시소는 멈춰 있다. 이름 모를 나비가 꽃 사이를 맴돌았고 나는 그것을 가만히 바라보았다. 시간이 다소 흐른 후에야 겨우 물어볼 수 있었다.

"왜 그렇게 필사적으로 뛰어?"

"어?"

"이유가 있을 거 아냐."

"그렇게 보여?"

"뭐, 느낌으로. 나도 그런 적이 있었거든."

하루토는 말을 할까 말까 고민하는 것 같았다.

그래서 나는 묵묵히 기다리기로 했다. 공원 시계는 다섯 시를 막 지났다. 타쿠마와의 약속 시간은 일곱 시니까 아직 여유는 있다.

이윽고 하루토가 벤치에서 벌떡 일어났다.

손끝으로 살짝 땅을 짚고 땅에 발을 딱 붙였다. 하지만 그 발은 떨리고 있었다. 이쪽을 돌아본 하루토는 난감한 듯, 울음이 터지려 하는데도 센 척 하며 웃는 것 같은 이상한 표정을 짓고 있었다.

"세가와 씨는 외톨이가 된 적 있어?"

햇빛이 하루토를 비추고 있었다. 작은 등이 작은 그림자를 만들었다. 그의 그림자는 누구와도 이어져 있지 않고 홀로 있었다.

잠시 생각한 후 솔직하게 말했다.

"······아니."

"그렇구나. 좋겠네. 난 있어. 1년 정도 됐나. 내내 친했던 친구가 갑자기 나랑 안 놀기 시작했어. 이유는 알지만, 그건 나로서는 어쩔 수 없는 일이었거든. 그래도 나는 걔들이랑 놀고 싶어서 그 아이들을 따라해 봤는데 안 됐어. 결국 외톨이가 되고 말았지."

하루토가 말해준 건 아마 세상 어디에서나 일어나는 일일 것이다. 그래도 당사자에게는 틀림없이 이 세상이 끝나는 것보다도 힘들겠지.

나는 나만의 상상으로 하루토의 마음을 짐작해봤지만 그래서 더더욱 가벼운 위로의 말조차 할 수 없었다.

이럴 때는 세상이란 게 좀 더 단순했다면 좋았을 텐데 싶다.

게임처럼 다정한 주문으로 상처를 치유해줄 수 있다면 좋을 텐데.

"근데 걔가 기회를 줬어. 한 번 더 친구해주길 바라면 100미터 경주 승부를 하자고. 내가 리더를 이기면 그룹에 넣어주겠대. 그게 달리는 이유야."

아아, 하지만 그래서, 그런가. 그런 주문은 어디에도 없기에, 이

소년은 필사적으로 뛰는 것이다. 세상을 향해, 손톱을 세우고 있는 것이다.

떨리는 다리로, 당장에라도 부러져 버릴 듯한 가느다란 팔다리로, 열심히……

"멋있네. 하루토는 멋있는 애구나."

일어나서 하루토의 머리를 거칠게 쓰다듬어 주었다. 으아악, 뭐하는 거야, 하루토가 큰 소리로 불평했지만 그래도 꽤 즐거워 보였다. 미간의 주름이 어느 정도 사라졌다.

하지만 뭔가가 해결된 것은 아니다.

승부에서 이기면 좋겠지만 만약 지면—.

나도 모르게 멈추어버린 손을 하루토는 이상하다는 듯이 보면서 그 작은 손으로 내 손을 꼭 잡았다. 우리 그림자가 하나가 되었다.

"더 이상 외톨이는 싫어. 무서워. 죽는 게 더 나을 정도로……"

말을 마친 하루토가 불쑥 고개를 들었다.

내가 먼저 한 걸음 다가간 주제에 하루토에게 해줄 말이 떠오르지 않았다. 어지간히 이상한 표정을 하고 있었으리라. 많이 힘들 하루토가 원래라면 위로해주어야 할 나를 오히려 신경 쓰고 있었다.

"에이, 농담이야."

절대 농담으로는 안 들리는 말투로 하루토가 말했다.

하루토와 헤어진 후 혼자 걸었다.

제법 길어진 하루는 아직 저물 기색도 없었다.

세상은 빛에 젖어갔다.

역 가까이 온 후, 시간이 없는데도 멀리 돌아서 약속한 선술집으로 향했다.

『더 이상 외톨이는 싫어.』

귀 안에서 소년의 목소리가 메아리친다. 메아리친다. 사라지지 않고, 몇 번이나……

머릿속에서 감정이 빙글빙글 소용돌이쳐서 내가 상처받는 것조차 고려하지 않고 날뛰었다. 외톨이라. 입안에서 중얼거린 후 그러고 보니, 하고 생각했다.

나는 왜 그런 식으로 대답한 걸까.

아니, 어떻게 대답할 수 있었던 걸까.

『세가와 씨는 외톨이가 된 적 있어?』

『……아니.』

이상하잖아. 난 혼자였다. 항상 혼자였다. 그런데 한 번도 고독하다고 느낀 적은 없다. 진정한 의미로 혼자가 아니었다.

내 옆에는 언제나 누군가가 있었다, 같은 일은 있을 리 없는데…….

정신을 차려보니 가게를 지나친 후였다.

"돌아가자."

의식적으로 중얼거린 목소리와 함께 고개를 들어보자 그곳에는 하얀 고양이가 한 마리 있었다. 아직 어린 고양이인 것 같았다. 몸은 작고 눈동자는 파랗다. 분명히 나와 시선이 마주쳤다. 이윽고 하얀 고양이가 몸 방향을 틀어 걸어갔다. 야옹도, 냐아도 하지 않았다.

그저, 어째서인지 따라오라고 하는 것 같은 기분이 들었다. 그리고 하얀 고양이는 내가 따라오는 걸 알고 있는 것처럼 한 번도 내 쪽을 돌아보지 않았다.

고양이 자체는 특이하지 않았다.

특별히 좋아하는 것도 아니다.

그저 새하얀 고양이에 대해선 딱 하나, 추억이라고 할 만한 것인지조차 모를 정도로 작은 상처가 내 안에 남아있긴 했다.

하얀 고양이가 마치 자기 것이라도 되는 양 상점가 아케이드로 들어가서 나도 황급히 그 뒤를 좇아갔다.

「어이, 야옹아」 하고 생선 가게 아저씨가 불렀지만 보기 좋게 무시. 하지만 아저씨는 그런 태도에 화도 내지 않고 「길고양이라면 이래야지」라는 수수께끼의 감탄사를 뱉었다.

"배고프면 또 와라."

말을 알아들은 것도 아닐 텐데, 그제야 냐아, 하고 한 번 울었다.

상점가에 오는 것도 꽤 오랜만이다.

차를 쓰기 시작한 후로 더 뜸해진 것 같다.

몇 번 책을 사러 왔던 서점이 보였다.

작은 서점이지만 다른 서점에는 입고되지 않을 법한 책을 몇 권이나마 입고해주기 때문에 가끔 이용했었다.

서서 책을 읽던 헌책방.

헌책방 사장님은 오늘도 변함없이 책을 읽고 있는 것 같았다.

학교를 마치고 군것질을 한 적 있는 붕어빵 가게의 아주머니는 손님을 잡고 열심히 수다를 떨고 있었다.

딱 한 번 붕어빵을 사 먹은 적이 있었다. 아마 커스터드 크림이 들어간 것이었을 것이다.

그날 먹은 붕어빵은 아직도 생각날 정도로 달콤한 것이었다.

그렇게 하얀 고양이를 따라 도착한 곳은 내가 모르는 높은 빌딩 앞이었다. 냐아, 하고 하얀 고양이가 울었다. 마치 여기가 종점이라는 것처럼.

나는 걸음을 멈추었다.

과거 이 곳은 공터였다. 여기에 하얀 고양이를 묻었다.

14살이던 나는 처음 접한 죽음 앞에서 그 정도밖에 해줄 수 없었다.

그런 만약의 이야기가 의미가 있는지는 모르겠지만 그 고양이가 죽지 않았다면 나는 무엇을 해줄 수 있었을까. 하얀 고양이의 고독을 해결해줄 수 있었을까.

아직도 소년의 목소리가 귓속에서 메아리쳤다.

더 이상 외톨이는 싫어. 무서워. 죽는 게 더 나을 정도로······.

아아, 그래.

외톨이는 싫지.

언제부터 이런 내가 되었는지는 모르겠다.

하지만 나는 언제부터인가 고독한 사람을 보면 가슴이 아프기 시작했다. 틀림없이 하루토에게 말을 건 것도, 그 옆모습에서 고독을 느꼈기 때문일 것이다.

문득 전혀 상관없는 타쿠마의 목소리가 되살아났다.

보나마나 내가 하고 싶은 건 뭘까, 하고 중학생 같은 고민이나 하고 있겠지.

내가 하고 싶은 것.

내가 할 수 있는 것.

대체 그게 뭘까.

말로 표현할 수 없는 감정을 충동적으로 외치고 싶은 기분에 휩싸였다. 갑자기 긴장을 풀면 그 녀석은 안에서부터 나를 삼켜버릴 것이다. 내장을, 뼈를, 피부를 찢고 밖으로 나오고 싶어 한다.

하지만 그래봐야 아무 의미도 없다는 걸 알 정도로 이제 어른이 되었다.

대신 하늘을 우러러 보았다.

빛이 반짝, 반짝 켜지기 시작했다.

봄의 별들의 전체적인 모습은 아직 보이지 않았다.

거기서 내가 찾은 건 목동자리의 알파별 아크투르스.

폴리네시아 사람은 과거 이 별을 지침 삼아 하와이로 이주해왔다고 한다. 다른 이름은 호쿨레아. 기쁨의 별.

하루토는, 나는, 어디로 가게 될까. 기쁨의 별은 우리 머리 위에서 빛나고 있을까. 오렌지 빛은 아직 내 눈에는 보이지 않는다.

정신을 차려보니 하얀 고양이도 어디론가 사라지고 없었다.

30분 정도 늦게 선술집에 도착하자, 테이블 위에는 이미 빈 맥주잔이 두 개 정도 놓여있었다. 아직 안색이 변하지 않은 친구에게 인사를 했다.

"늦어서 미안."

"됐어, 그 대신 이 두 잔은 네가 사라."

그렇게 말하고 웃는 타쿠마는 한 손을 들어 바로 맥주를 한 잔 더 시켰다. 나도 같은 걸 시켰다.

1분 만에 깡깡 얼린 맥주잔에 맥주가 나오자 잔을 부딪치면서 늘 하는 말을 함께 했다.

""건배.""

벌컥벌컥 단숨에 반 정도를 마셨다. 그리고 푸핫, 탄성을 지른 뒤 테이블 위에 쾅 내려놓았다. 거품이 흔들리고 맥주가 파도쳤다. 몸의 구석구석까지 알코올이 스며들어갔다.

"안주는 뭐 시켰어?"

"음~ 자숙콩이랑 계란말이, 숙주볶음. 그리고 타코와사비랑 사시미 6종 모둠. 고기류는 너 오면 시키려고. 싫어하는 것 없지?"

"곤약만 아니면 괜찮아."

"특이하네, 곤약 맛있는데."

"그 식감을 도저히 못 견디겠어."

오후에 그랬던 것처럼 아무래도 좋은 소리를 반복했다. 아침에 눈을 뜨면 손에서 스르륵 흘러내릴 것 같은 그런 대화. 틀림없이 가게를 나왔을 때는 무슨 얘기를 했는지조차 기억나지 않아서, 다음에 마실 때 또 같은 말을 반복할 것이다.

한 시간 정도 마신 후 술이 센 타쿠마는 맥주에서 일본주로 바꾸었다. 맞춰주느라 작은 술잔에 한 잔만 받았다. 향기로운 술 냄새가 코를 간질였다.

한 모금 마셨더니, 가볍게 혀에 닿은 액체가 목으로 넘어가 위장에 들어간 순간 몸을 안에서부터 뜨겁게 달구었다.

「오, 한 잔 더 괜찮겠어?」라며 타쿠마가 기뻐했기 때문에 「원한다면」 하고 빈 술잔을 타쿠마에게 기울였다. 꼴꼴꼴 투명한 액체가 나를 취하게 만들기 위해 따라졌다.

그런 식으로 두 번째 잔을 마시려 했을 때였다.

옆 자리에서 목소리가 들렸다.

칸막이가 있기는 하지만 얇아서 대화는 거의 다 들렸다. 그래도 서로 귀를 기울이지 않는 게 매너였으나 그 대화에 아는 사람의 이름이 등장하면 반응하는 것도 어쩔 수 없다는, 말도 안 되는 핑계를 댔다.

타쿠마가 소리 없이 눈빛만으로 물었다.

나 또한 웃고 술잔 속의 술을 반쯤 마신 후 대답했다.

우리는 그렇게 대화를 멈추고 이야기를 듣는 것을 선택했다.

"와아, 그나저나 맛츠랑 이렇게 술집에 오다니, 언니 좀 감동했어."

"저기, 그. 아직 저 술은 못 마셔요."

"어머, 그랬나?"

"네 이번 6월에야 겨우 스무 살이라. 죄송해요, 미야 선배."

"아냐, 괜찮아, 괜찮아. 그런 걸로 문제 일으키는 것도 어리석은 짓이니까. 근데 그렇지. 내가 지금 스무 살이니까. 으음. 그럼 그냥 예쁜 식당에서 밥이나 먹을걸 그랬나?"

"아뇨, 괜찮아요. 저, 이런 곳도 좋아해요. 그리고."

거기서 맛츠라 불린 — 아마 후배겠지 — 여자 아이가 휴우, 숨을 쉬었다. 마치 지금부터 고백이라도 할 것 같은 긴장감이 공기를 통해 전해져왔다.

"미야 선배랑 린도 선배는 제게는 은인이나 마찬가지인걸요. 전 어디든 즐거워요."

"아카네 선배야 이해 가지만, 왜 나까지?"

"두 분이 있었으니까. 3년 전 그날, 같이 수영해준 린도 선배와 고개를 숙여준 미야 선배가 있었으니까. 전 아직도 수영을 계속하고 있는 거고, 앞으로도 계속 하겠죠."

수영의 린도 아카네라고 하면 우리 또래와 이 동네는 물론, 지금은 전국적으로도 나름대로 유명인이었다. 올림픽 후보 선수가 된 그녀는 밝은 성격과 그 외모로 인기에 불이 붙어 뉴스뿐만이 아니라 버라이어티 방송에도 가끔 나오곤 했다. 텔레비전에 나오는 아카네는 모델이나 아이돌, 여배우에게도 지지 않을 정도로 반짝거려 보였다. 하지만 그건 변해버렸다는 게 아니다.

고등학생이었던 그 시절부터 나는 내내 아카네를 눈부시다고 생각했었다.

그 빛을 많은 사람들이 알게 됐다.

그저 그것뿐……

하지만 고작 그 정도의 일이 은근히 기뻤다.

"에헤헤헤. 뭐, 그런 걸로 해둘까. 전국까지 간 후배에게 이렇게 칭찬을 받다니 쑥스러운걸. 아아, 근데 그 한 마디에 나는 좀 살아난 것 같아. 우리 시절에는 아카네 선배나 맛츠 같은 아이는 없어서 뒤처진 세대라는 말도 듣잖아."

"아무것도 모르는 사람들은 그냥 마음대로 떠들라고 하세요. 저도 린도 선배도, 미야 선배에겐 정말 아주 많이 감사하고 있는 걸요. 정말이에요. 아아, 왜 그런 의심스러운 눈길로 보세요? 린도 선배랑 요즘 종종 연습 끝나고 밥 먹으러 가는데, 미야 선배 얘기 정말 많이 해요. 근데 이번엔 왜 울어요? 취했어요? 이제 그만할까요? 그런가. 그럼 더 마시세요. 저 오렌지 주스로, 아, 알았어요. 그럼 선배가 원하시는 대로 진저에일로 같이 마셔드릴게요. 혀가 얼얼해서 잘 마시진 못하지만, 이 마츠마에는 미야 선배를 위해서라면 분발하겠습니다. 아, 죄송해요. 맥주랑 진저에일 한 잔씩 주세요. 네. 감사합니다."

이윽고 코를 훌쩍거리는 소리와 후훗, 하고 훈훈하게 웃는 소리가 들려왔다.

이야기를 들어보건대 우리 고등학교 후배인 것 같다. 아카네의 시합을 응원간 적도 있으니 어쩌면 얼굴 정도는 알지도 모른다.

물론 일부러 얼굴을 확인하러 가지는 않겠지만…….

정신을 차려보니 타쿠마가 따뜻한 술을 자작하고 있어서 그걸 빼앗아 따라주었다.

이제야 타쿠마의 얼굴도 나처럼 빨개졌다. 약간 초점을 잃고 풀린 눈에는 내 얼굴이 비치고 있었다. 아아, 취했구나 하고 생각했다. 나도 타쿠마도 완전히 취해 있었다.

틀림없이, 그래서일 것이다.

타쿠마가 이런 말을 한 것은―.

"어이, 너 말이야. 고등학생 때 정말 아카네랑 안 사귀었어?"

어때, 하고 타쿠마가 거듭 물었다. 가게의 소음에 섞일 정도로…….

그래도 딱 한 사람, 나에게만은 닿는 목소리.

"뭐냐, 갑자기."

"갑자기는 아냐. 난 몇 번이나 물어보려 했어. 그건 너도 잘 알잖아."

"아니, 아니. 그래도 이 타이밍은 좀 생뚱맞지."

내가 웃자 후우, 하고 타쿠마가 한숨을 쉬었다. 알코올이 가득 함유된 뜨거운 숨이었다.

"계기는 뭐, 방금 옆에서 들린 대화였지만 슬슬 물어볼까 싶어서. 취한 김에."

"취한 김에라."

"알잖아. 남자끼리 이런 얘기 해봐야 딱히 재미도 없고. 그래도 궁금은 하네. 너희 두 사람은 내겐 꽤 소중한 친구거든?"

"알아. 나한테도 두 사람은 소중한 친구니까. 그래서 아카네에게 느낀 감정도 틀림없이 우리 둘 다 같을 거야. 아마 옆에서 얘기하던 그 여자들도. 뭣 하면 동시에 말해볼까?"

아아, 생각보다 훨씬 취한 것 같다.

소중한 친구, 그런 생각만으로도 부끄러운 말을 자연스럽게 입에 올렸다.

이게 여자 아이를 상대로 뭐, 그 나름대로의 장소라면 상관없지만 우리는 중학교 때부터 오래 사귄 친구고, 장소도 어디서나 볼 수 있는 평범한 술집이었다.

가게의 소음이 갑자기 질감을 띄고 우리를 에워쌌다. 남녀노소 전부 뒤죽박죽 섞여서…… 하지만 그건 지저분한 게 아니라 마치 마블 모양처럼 신기하게 구분되어진 목소리였다.

"아니, 근데. 아카네는 우리 앞에선 거의 동성 친구였지만 네 앞에서는 확실하게 여자였잖아. 그거 너도 알고 있던 거 아니야?"

아픈 곳을 찔리고 말았다.

실제로 그 시절 나는 보는 눈이 전혀 없어서 아카네의 마음을 눈치채지 못했다. 진지한 얼굴로 방과 후에 빈 교실에 끌려가서야 알아차렸을 정도다. 나는 어리고, 둔했고, 그래서 마지막의 마지막까지 아카네에게 상처밖에 주지 못했다.

뇌리에 떠오른다.

교실 모습.

아카네가 지은 표정.

그리고 나눈 대화들, 내가 가지고 있던 감정. 그건 지금도 변함없다. 동경이었다. 사랑이 아니었다. 그저 그뿐이었다.

"응. 근데 타쿠마. 난 그 시절 누군가를 좋아하고 있었던 것 같아."

"처음 듣네. 좋아하는 사람이 있었다고?"

"그런 것 같아."

"그런 것 같다니, 왜 남 얘기 같냐."

"아카네의 감이니까."

"무슨 소리야."

"그러게 말이다."

내 중얼거림에 타쿠마는 얼굴을 찌푸렸다. 좀 화가 난 것 같았다. 아니, 아닌가. 당황한 건가.

타쿠마는 다시 잔을 비우고 술을 따라 마시더니 회를 입에 넣었다. 그 사이에도 미간의 주름은 여전했다.

"무슨 말인지."

회를 꿀꺽 삼키고 그렇게 중얼거린 타쿠마는 통통 테이블을 두드렸다. 진동으로 잔 안에 따라놓은 술이 흔들렸다. 그리고 갑자기 스마트폰을 꺼내서 느닷없이 전화를 했다. 몇 번 연결음이 들린 후 통화가 연결됐다. 취한 기세로 타쿠마는 말을 이었다.

"여어. 오랜만이다. 잘 사냐? 뭐? 2주는 오랜만이 아니라고? 나한텐 오랜만이야. 응, 그래. 으하하하. 취했지, 취했어. 그렇게 매정한 소리 하지 마. 우리 사이에. 아, 맞다. 마코가 다음에 또 같이 마시고 싶다고 하더라. 응응, 시간 날 때 연락해. 맞춰보자."

그리고 타쿠마가 이쪽을 봤다.

나는 타쿠마가 마지막에 남겨둔 참치 중뱃살을 말없이 집어 먹었다. 앗, 하고 표정이 바뀌었지만 내 알 바 아니었다. 전화에서 흘러나온 목소리로 나는 타쿠마의 계획을 알아차렸기에 이 정도면 많이 양보한 거라고 생각했다.

"나 지금 그 녀석이랑 술 한 잔 하고 있어. 그러니까 바꿔줄게."

귀에서 뗀 전화 너머에서 「아, 잠깐, 그 녀석이 대체 누군데」 하고 귀에 익은 목소리가 들려왔다.

음, 하고 타쿠마의 빨간 폰이 내 앞으로 왔다.

타쿠마의 눈이 도망치지 말라고 말하고 있었다. 내 중뱃살을 먹었잖아, 라고……

마지막으로 만난 게 작년 크리스마스 모임이었나. 벌써 반년도 더 지났다. 나는 가끔 텔레비전에서 봐서 그립지는 않지만 기름이 오른 참치가 꿀꺽, 목으로 넘어갔다.

"여보세요?"

전화를 받아서 입을 열자 「어, 하루?」라는 여자 아이의 목소리가 들려왔다. 잘 아는 친구, 린도 아카네의 목소리였다. 그 목소리에는 놀라움과 기쁨이 묻어있었다.

"응, 오랜만이다."

"어, 뭐야 뭐야. 하루, 도쿄에 왔어?"

"설마. 둘 다 고향에 돌아와 있는 것뿐이야. 봄방학이잖아."

"아~, 그렇구나. 아쉽네. 나도 보고 싶었는데."

그 목소리에는 아카네가 정말 나를 보고 싶어 하는 것 같은 마음이 담겨 있어서 기분이 좋아졌다. 나도 보고 싶네, 라는 말이 목까지 올라오려는 걸 필사적으로 삼켰다.

하지만 그 말은 너무 달달하다.

대신 그러고 보니, 하고 화제를 바꾸었다.

"요즘 텔레비전에 자주 나오던데. 대단해."

"대단할 것 없어. 그냥 열심히 하는 거지."

"아니야. 그게 바로 대단한 거지."

"……예전에. 아니, 중학생 때 신경 쓰이던 남자 아이에게 들었어. 갈 수 있는 곳까지 가보라고. 그래서 열심히 해보자 생각한 것뿐이야."

"음, 그건 말이지."

"미안, 미안. 심술부렸네."

"그러게. 사과해."

"방금 미안하다고 했잖아."

아카네가 까르륵 웃었고, 나도 하하하 하고 웃었다.

그런 우리를 타쿠마는 왠지 흐뭇하게 바라보았다. 뭐, 하고 눈으로 묻자 아무것도 아냐, 하고 고개를 저었다.

그리고 잠깐 이런 저런 이야기를 했다.

공통 지인 얘기. 고향에는 다음에 언제 돌아오는지. 뭐, 그리고 끝에는 술 약속도……

마지막으로 나는 얼마 전에 알게 된 초등학생 친구에 대해 물어보았다.

필사적으로 달리는 옆 얼굴.

그 아이가 짊어지고 있던 고독.

그걸 어떻게든 해주고 싶다고 생각한다는 거.

하지만 손을 내밀어도 될지, 내가 무엇을 할 수 있을지 고민만 많이 하다가 한 걸음을 더 내딛지 못했다는 것이라거나. 뭐, 한심하기 짝이 없는 푸념이었다. 그래서 아카네에게 이런 말을 듣는 것도 어쩔 수 없다고 생각했다.

내 이야기를 들은 아카네는 「바보 아냐?」 하고 웃어 넘겼다.

"반박할 수가 없네."

"그렇지? 왜 네가 주저하는 건데. 난감한 건 그 아이잖아? 정신 차려. 네겐 그럴 책임이 있으니까."

"책임이라니, 오버다."

"오버 아냐. 한 걸음 내딛었다면 그건 이미 네 책임이지. 괜찮아. 난 알아. 넌 다른 사람을 잘 도와줄 수 있는 사람이야. 사실 나도 네게 도움을 받았는걸. 앞으로 나아갈 힘을 얻었지. 항상, 언제나, 지금도. 네가 해주는 힘내란 말은 내 원동력이야."

"아카네."

"왜?"

"너, 술 마셨어?"

쑥스러워서 괜히 장난을 쳤다. 아아, 얼굴이 뜨겁다. 타쿠마가 배려해서 화장실 갔다 올게, 하고 이 타이밍에 자리를 피해준 것에 감사했다. 이 후끈거림은 알코올 때문이 아니다. 나는 훨씬 더 소중한 것에 취해 있었다.

그리고, 그렇기에 이런 한심한 얼굴을 다른 이에게 보이고 싶지 않았다.

"안 마~셨~습~니~다. 전혀. 웬일로 하루가 진지하게 상담을 하기에 대답해준 것뿐이야. 무례하긴."

하지만 말은 그렇게 해도 아카네의 목소리는 화난 건 아닌 모양이었다. 아무래도 내가 쑥스러워서 그런 말을 했다는 걸 아는 것 같았다. 그리고 알면서도 나와는 달리 장난치지 않았다. 그래, 그렇다. 린도 아카네는 그런 멋진 여자 아이였다.

그래서 나는 아카네를 동경했다.

좋다 싫다가 아니다.

그건 아카네가 바란 형태는 아닐지도 모르지만 나는 아카네 옆에서 걷는 게 아니라, 멀리까지 뛰는 아카네를 뒤에서 지켜보고 싶었다.

"고마워."

"후후, 됐어."

"한 번 해볼게."

"응. 하루는 그래도 돼. 응원하고 싶으면 해줘. 힘내라고 말해줘. 등을 밀어주면 사람들은 꽤 쉽게 달려 나가는 법이거든. 아, 맞다.

그러니까 나도 등을 밀어줄게. 겁쟁이가 된 하루의 등을……."

그렇게 아카네는 그 말을 했다.

"나도 열심히 할게. 아니, 지금도 열심히 하고 있지만."

문득 먼 옛날의 아카네의 모습을 떠올렸다.

중학생 때의 아카네다. 학교 수영복을 입고, 지금보다 훨씬 어린 아카네.

빛 속에서 빛난다.

흩뿌린 건 물방울에 반사된 빛 알갱이.

내민 주먹.

약간 쑥스러운 듯이, 그래도 태양처럼 빛나는 웃는 얼굴.

―하루도 힘내.

그래서 나도 이렇게 대답했다.

"아아, 그렇구나."

아카네는 항상 내가 해준 힘내라는 말에 힘을 얻는다고 했지만 그건 아마 아닐 것이다. 새삼스럽지만 깨달았다. 힘을 얻고 있던 건 나도 마찬가지였다.

"왜 그래?"

"아니, 이건 진짜 힘낼 수 있을 것 같아서."

"그렇지?"

내 머릿속의 린도 아카네는 약간 볼을 붉히고 의기양양하게 굴

었다. 지금보다도 어린 모습으로. 하지만 지금과 똑같은 해맑음을
뿜으면서……

아카네와 만나고 친구가 되어 정말 다행이다.

그 한 마디만큼은 역시 아무리 취해도 입 밖으로 내어 말할 수
없었다.

다음 날.

역시 하루토는 공원에 있었다.

그리고 역시나 뛰고 있었다.

평소와 다른 건 내가 말을 걸기 전에 그쪽이 먼저 눈치를 챘다는
것 정도. 작은 몸을 열심히 움직여서 조금도 기쁨을 숨기려고 하지
않고 순순히 이쪽으로 다가온다.

"세가와 씨. 안녕. 오늘은 빨리 왔네."

"안녕, 하루토. 뭐야, 내가 올 걸 알고 있었어?"

"알고 있었다고 해야 하나, 그냥 와주면 좋겠다 정도?"

그 표정이 훅 부드러워졌다. 눈을 가늘게 뜨고 눈썹의 힘을 빼고
나이에 걸맞는, 아마도 원래 하루토가 가지고 있었을 솔직함이 얼
굴에 드러났다. 그대로 내 옆까지 온 하루토는 새삼스럽게 어라, 하
고 신기하다는 듯이 고개를 갸웃거렸다.

"왜 오늘은 체육복이야?"

"음? 하루토 연습 같이 해주려고. 아니, 아니다. 하루토랑 같이
열심히 해보려고. 사실 중학교 때 육상부였거든. 조금은 가르쳐줄

수 있을지도 몰라."

"정말?"

"응. 그러니까 힘내서 꼭 이기자."

"······괜찮아?"

이번에는 그 표정에 제대로 끄덕였다.

"물론이지."

"그럼 잘 부탁해."

주목과 주먹을 콩 부딪쳤다. 크기도 모양도 다르지만 그게 우리의 약속의 형태다.

하지만 만화가 아니니 고작 며칠 만에 극적으로 발이 빨라질 리는 만무했다. 그건 하루토도 알고 있었는지 그렇기에 더더욱 스타트 연습만 하고 있는 것 같았다.

"있지, 타이키. 음, 타이키가 나랑 승부할 친구 이름인데, 타이키랑 내 기록은 거의 비슷해. 근데 스타트에서 항상 차이가 벌어지니까 그걸 따라잡을 수가 없어. 스타트 방법을 배우고 싶어."

그런 이유도 있어서 중점적으로 스타트 연습을 하게 됐다.

스타트 직후에는 상반신을 바로 세우지 않고 지면을 노려보는 게 좋다든가, 팔을 크게 휘저어서 보폭을 넓게 확보한다든가, 그런 것의 시범을 보여주면서 하루토에게 가르쳐주었다. 낮은 자세의 스타트에 적응을 못해서 뛰어나간 순간 몇 번이고 하루토는 넘어질 뻔했다. 그대로 드러난 뺨에 찰과상이 생겼다. 피가 배어나왔다. 아픈지 얼굴을 찡그렸다.

하지만 당황해서 내가 다가가려 해도 하루토는 자기 힘으로 일어났다. 괜찮다며 웃었다. 그리고 다시 땅에 손을 짚었다. 살짝 앞을 노려본다. 그래서 나는 다가가려던 걸음을 멈추고 손뼉을 짝 쳤다.

"좋아."

움찔, 한 박자를 두고 하루토가 뛰어나갔다. 스타트 자세는 제법 그럴싸해졌지만 아무래도 반응이 늦었다.

"아직 늦어."

"으~음. 괜히 생각이 많아져서 그런가? 세가와 씨는 출발할 때 무슨 생각해?"

"나? 그러게……."

이제는 꽤나 멀어져버린 그 날의 일을 떠올리며 오랜만에 땅에 손을 짚었다.

나이를 먹고 키도 커서 지면과의 거리가 멀어졌다. 지금의 하루토처럼 아무 생각 없이 달릴 일도 없어졌다. 넘어지지도 않게 됐다. 그래서 이렇게 지면에 손을 짚을 일도 없어졌다. 하지만 손가락에 힘을 주자 마치 그날처럼 손끝이 빨개졌다.

번뜩, 앞을 노려보았다.

그 순간 내가 보는 경치가 공원에서 중학교 운동장으로 바뀌었다. 계절이 봄에서 여름으로. 지글거리는 흙냄새. 눈이 시릴 정도로 파란 하늘. 층층이 쌓인 구름을 보며 나는 대체 무슨 생각을 했던가.

무엇을 보았나.

친구를 겹쳐본 그림자였는지, 아니면 또 다른 어떤 것이었는지.

생각나는 것이라곤 그 노려본 미래에 아무도 없었다는 것뿐이다. 하지만―.

"―가와 씨. 세가와 씨. 왜 그래? 괜찮아? 내가 뭐 이상한 말 했어?"

"어? 아아, 괜찮아. 미안."

사과하면서 자리에서 일어났다. 손끝에 묻은 흙을 탈탈 털었다.

계절은 다시 봄이 됐다.

"나는 무슨 생각을 했던 걸까. 어쩌면 아무 생각 없었는지도 몰라."

"아무 생각도 안 하는 게 좋아?"

"그러게."

대화 흐름에 따라 뭔가 말하려다 고개를 저었다. 아냐, 하고 생각했기 때문이다. 적어도 나는 다르다. 골 너머에, 목적지에 무언가가 있어야 더 힘을 낼 수 있었던 것 같다. 빨리빨리, 하고 마음이 원하는 게 있어야 한 걸음이 강해질 것 같았다. 기합을 넣기 위해 뺨을 세게 치자, 머릿속이 깔끔해졌다. 하루토가 놀란 얼굴로 날 올려다봐서 씨익 웃어줬다.

"좋아. 방금 한 얘기는 취소. 네가 좋아하는 음식 뭐야? 아니면 지금 먹고 싶은 거라거나?"

"갑자기 왜? 좋아하는 음식은 많지만 지금은 아이스크림이 먹고 싶어."

"그럼 완벽하게 출발하면 형이 아이스크림 사줄게."

"정말?"

"난 거짓말 안 해."

"만세. 약속했다. 그럼 바로 하자. 자, 얼른얼른."

세속적이게도 바로 씩씩해진 하루토는 지금까지 이상의 진지한 눈으로 앞을 보았다. 그 옆모습을 보기만 해도 집중력이 전혀 다르다는 것을 알 수 있었다. 아아, 괜찮아. 이번에는 틀림없이 잘 뛸 수 있을 거야.

"준비~."

하루토가 몸에 힘을 줬다.

"땅."

소리와 동시에 그 힘을 발산했다.

봄의 공기 속으로 하루토의 작은 몸이 가볍게 박차고 나갔다.

약속대로 아이스크림을 사주었다. 우리가 같이 간 곳은 중학교 때 동아리를 마치고 돌아가며 몇 번이고 지나간 편의점이었다. 변한 것도 있지만 변하지 않는 것도 있다. 고향 같은 분위기에 괜히 안도하면서 아이스크림 코너로 갔다.

"아무 거나 먹고 싶은 거 골라."

"으~음."

하루토는 고민에 고민을 거듭했다.

팔짱을 끼고 5분 정도 계속 신음한다.

다만 아까부터 힐끔힐끔 다른 아이스크림보다 100엔 정도 비싼 컵 아이스크림을 신경 쓰고 있다는 건 보면 바로 알 수 있었다. 참고 있는 것이겠지. 금액은 딱히 신경 쓰지 않아도 되는데…….

그래서 물어보았다.

"하루토는 딸기랑 녹차랑 바닐라랑 럼레이즌 중에 어떤 게 좋아?"

"음, 딸기?"

"오케이."

나는 그렇게 300엔 하는 컵 아이스크림을 두 개 꺼내 들었다. 딸기랑 내 몫인 럼레이즌.

"내가 분명히 마음대로 고르라고 했는데, 오늘은 나랑 놀아줄래?"

"어? 괜찮아? 그거 비싼 건데."

"내가 부탁하는 거야. 하루토랑 같은 것을 먹고 싶어서. 괜찮지?"

"당연하지."

계산을 하고 주차장에 앉아서 나란히 아이스크림 컵을 뜯었다. 플라스틱 스푼으로 조금씩 아이스크림을 떠서 입으로 옮긴 하루토는 맛있다고 싱글거렸다.

그걸 본 나도 아이스크림을 떠 넣었다.

한참 묵묵히 아이스크림을 먹고 있던 하루토는 두 입 정도를 남겨놓고 후우 하고 잠시 쉬었다. 내 손에는 이미 텅 비어버린 컵만이 남아있었다.

"저기 세가와 씨. 나, 솔직하게 말하면 아이스크림은 아무 거나 상관없었어. 그냥 다른 사람이랑 같이 먹을 수 있다면 그걸로 충분하니까. 우리 집은 아빠가 안 계시는데, 그래서 엄마는 항상 바쁘니까 집에 없어서 밥을 혼자 먹을 때가 많아. 전에는 그래도 열심히 했거든. 학교에 가면 친구도 있고, 급식은 다 같이 먹을 수 있으니까. 방과 후에도 해가 질 때까지 놀 수 있었어. 재미있었어. 슬픈 일도 하나도 없고. 그래서 지금이 너무 힘들고 외로웠어. 근데 요 며칠은 아냐. 세가와 씨가 같이 있어주고 이렇게 아이스크림도 같이 먹어주고. 그래서 고마워."

그 말을 하고 쑥스러움을 감추려는 듯이 남은 두 입 분량의 아이스크림을 하루토는 천천히 먹었다.

절대 입을 움직이지 않으면서 달콤한 시간을 아쉬워하는 듯했지만 언젠가 그런 시간도 끝나버릴 것이다.

"다 먹었네."

그렇게 말하는 하루토는 역시 조금 쓸쓸해 보였다.

그 쓸쓸함을 털어내기 위해 말을 걸려던 순간, 우리를 그림자가 덮쳤다. 태양과 우리 사이에 누군가가 끼어든 것이다. 고개를 들자 하루토 또래의 남자 아이들이 세 명 서 있었다. 그 처음 보는 남자 아이의 이름을 하루토가 불렀다.

"아, 타이키."

타이키라 불린 건 한 가운데 있는 키가 큰 남자 아이였다. 하루토보다 5센티미터는 클까. 모자를 깊이 눌러 써서 얼굴은 알아보기 힘들었지만, 그가 풍기는 분위기는 어쩐지 어색했다. 뒤에 있는 두 사람도 왠지 모르게 비슷한 표정을 짓고 있었다. 망친 시험 점수를 어떻게 숨길지 고민하는 듯한 표정이었다.

"이런 데서 뭐 하냐"

"연습. 반드시 널 이길 거야."

"네가 무슨 수로 이겨. 포기해."

"포기 안 해. 난 다시 너희랑 놀고 싶어."

그 말에 어째서인지 타이키가 조금 상처 입은 표정을 지었다. 하루토의 이야기만 들으면 일방적인 따돌림을 당하는 거라고 생각했는데 뭔가 사정이 있는 것 같았다.

자, 그럼……

나는 어떤 입장에 서야 하는가. 잠시 망설이다가 일어서려는데 하루토가 내 체육복 자락을 잡아서 그대로 하루토 옆에 다시 앉았다. 세게 쥔 체육복에서 약간의 떨림이 느껴졌다.

그제야 겨우 타이키는 내 존재를 알아차린 것 같았다.

조심스러운 기색도 없이 날 노려보았다.

"당신 누구야?"

"하루토의 코치일까. 하루토랑 지금까지처럼 즐겁게 놀면 안 돼?"

"못 해. 이 녀석은 우리랑 달라."

"내가 볼 땐 그렇게 달라 보이지도 않는데."

"아무것도 모르는 주제에. 제삼자는 빠져."

동급생인 하루토에 대한 태도와는 달리, 연상인 내게 노골적으로 대드는 타이키를 말린 것은 다른 사람도 아닌 하루토였다.

"타이키."

"뭐, 뭐야?"

"세가와 씨한테 사과해. 그런 말투는 실례야."

하루토가 노려보자 타이키는 윽, 하고 자기도 모르게 입을 다물었다. 역시 뭔가 이상하다. 하지만 그 뭔가는 알지 못한 채 끝나버렸다. 계속 노려보자 타이키는 「젠장」 하고 작게 투덜거린 뒤 「가자」하고 친구들을 데리고 편의점 앞을 지나가버렸기 때문이다.

마지막으로 딱 한 번, 사과 대신 나를 무섭게 노려보았다.

그림자 세 개가 인파 속으로 사라져갔다.

그 모습이 완전히 시야에서 사라지자 하루토는 동그란 머리를 꾸벅 숙였다.

"미안해, 세가와 씨."

"왜 하루토가 사과해. 넌 아무 잘못 없잖아."

순식간에 시무룩해진 하루토를 위로하기 위해 나는 머리 위에 손을 툭 올려놓았다. 머리를 쓰다듬었다. 하루토는 간지러워했다.

"그나저나 타이키란 녀석은 여자 아이들에게 인기 없지? 우리 하루토랑은 천지차이네."

"우리 하루토라니. 그리고 난 여자 아이들에게 미운 털 박혔어. 봐, 이 모양인 데다, 타이키 패거리랑만 놀았으니까. 이상한가?"

"딱히 이상하진 않은데. 하루토는 그 타이키라는 친구들하고 노는 게 재미있었잖아? 그럼 된 거지."

"응. 나도 그렇게 생각해. 근데 여자 아이들이나 선생님은 이상하다고 하니까. 아~아, 뭐야, 그런 얼굴 하지 마. 승부에 이기면 다시 놀 수 있잖아. 괜찮아. 그보다 세가와 씨는 여자들한테 인기 많아?"

"글쎄, 별로."

실제로 나를 좋아해준 여자 아이는 한 명밖에 없다. 아니, 아닌가. 두 사람이다.

나를 좋아한다고 해준 반 친구와, 누구인지도 모르지만 아무 말 없이 우편함에 넣어둔 초콜릿. 봄 향기가 나는 그 두 개가 나의 전부다.

"흐음. 그렇구나."

"이 자식, 뭘 그렇게 기뻐해."

"아냐."

히죽거리던 하루토는 좋아, 하고 일어나더니 몸을 쭈욱 폈다. 작은 몸이 저녁 빛을 받아 반짝반짝 빛났다.

"있잖아, 세가와 씨. 내가 이기면 또 상을 줄 수 있어? 그럼 오늘처럼 완벽한 스타트를 할 수 있을 것 같은데."

"그래. 내가 할 수 있는 일이라면 뭐든."

"정말? 약속이다. 깨면 거짓말쟁이야."

"걱정 안 해도 돼. 난 약속 안 깬다고 했잖아."

그렇게 우리는 손가락 걸고 약속했다.

새끼손가락과 새끼손가락을 걸고, 어릴 때처럼 합창했다.

약속, 도장, 복사.

이어진 손가락 끝이 찌잉 뜨거워졌다.

결전 당일은 무척 따뜻했다.

옛날에 졸업한 초등학교가 보이기 시작할 무렵, 휴대전화가 울렸다. 주머니에서 꺼내자 그 화면에 뜬 것은 친구의 이름이었다.

언제 피었는지 모를 벚꽃을 올려다보면서 걸음을 멈추었다.

"여어. 전화 괜찮냐?"

"잠깐이라면. 지금부터 중요한 시합이 있어."

그 한 마디로 내 볼일을 알아차린 모양이다. 타쿠마가 「아아, 그 초등학생?」하고 중얼거렸다.

"그건 방해하면 안 되지. 그럼 뭐, 용건만. 나 오늘 도쿄로 돌아가. 마코랑 제대로 얘기해보려고."

"결심했어?"

전방에서 초등학생 정도 되는 아이들 그룹이 뛰어오다가 나랑 스쳐 지나갔다. 꺄아 꺄아 하고 물드는 건 즐거운 목소리. 하루토도 저 무리로 돌아갈 수 있으면 좋을 텐데.

"결심했다고 할까. 응. 갈 곳은 이미 정해져 있지. 그러니까 각오만. 제대로 얘기하고 이해해 달라고 하려고."

"뭘? 후회 안 한다는 뜻?"

"아니, 후회 안 한다고는 말 못 하지. 뭘 하든, 어떤 걸 택하든 미래는 알 수 없으니까."

"저기 말야, 내 얘기 들었냐? 홋타 씨는 네가 후회하길 바라지 않으니까……."

"그러니까 이해를 구하려고. 후회할지도 모르지만, 그래도 같이 있어주면 좋겠다고. 너랑 함께 있으면 힘이 난다고."

"······왠지 그거 프러포즈 같은데."

"이른가?"

"뭐야. 그럴 생각이야?"

"프러포즈라고 할까, 그 연습 같은 거지."

"괜찮네."

그래, 이렇게나 기분 좋은 봄날이니까. 그 정도의 축복은 있어도 괜찮다.

걸어 나가기 시작한다면 이런 날이 좋겠지.

"아, 근데 만약 차이면 한 잔 하러 가자. 아카네도 불러서."

"물론이지, 너희가 쏘는 거다?"

"그건 그거고 이건 이거지."

"쳇, 뭐야."

한참 웃었다.

아마 타쿠마는 좀 불안했을 것이다. 안 그랬다면 일부러 도쿄로 돌아간다고 연락할 리가 없다. 그리고 나는 아무래도 그 등을 밀어 준 모양이었다.

고작 그 정도의 대화로 전화가 뚝 끊어지고 새까매진 화면이 대답이었다. 그걸 꽉 움켜쥐고 나 또한 걷기 시작했다.

타쿠마와 마찬가지로 어디로 가게 될지 모르지만, 그래도 앞으로······.

일단은 초등학교 운동장으로.

그렇게 열심히 뛰는 소년의 등을 밀어주기 위해서 확실하게 걷기 시작했다.

뒷문을 통해 몰래 초등학교 부지로 들어갔다.

체육관과 몇몇 놀이기구는 모습이 바뀌었지만 그래도 남아있는 것에 그리움이 솟구쳤다.

과거 그렇게나 크게 느껴지던 철봉에 이제는 손을 뻗지 않아도 닿았다. 손끝에 닿은 검게 변한 철은 약간 뜨거워서 살짝 손을 끌어당겼다.

내 모습을 보고 하루토가 휴우 숨을 내쉬었다.

반대로 타이키 무리는 일제히 나를 노려보았다.

"왜 너까지 온 거야."

"내가 부탁했어."

"하지만 상관없는 사람이잖아."

하루토가 내게 다가와 역시 셔츠 자락을 꽈악 움켜잡았다. 그걸 본 타이키가 나를 한층 더 무섭게 노려보고 독설을 뱉었다.

"나는 너 싫어."

그래서 나도 또 싱긋 웃으면서 대꾸해줬다.

"그거 우연이네. 나도 네가 딱히 좋지 않아. 그런데 하루토는 아무래도 너희랑 다시 놀고 싶어 하는 모양이니까. 약속은 꼭 지켜, 제발."

머리를 숙였다.

타이키와 친구들 입장에서 보면 어른의 일원으로 보이는 내 행동에, 그들은 약간 놀랐다.

"흐, 흥. 이기면 말이지."

아무래도 허락해준 모양이다.

이것만으로도 오늘, 내가 여기 온 보람은 있었다.

걱정스럽게 나를 바라보던 하루토의 등을 밀어주었다. 가벼운 몸이었다. 그 몸이 앞으로 쑥 나아갔다. 괜찮아, 하고 힘껏 밀어준 등은 이쪽을 돌아보지도 않고 출발선으로 나아갔다.

나와 타이키의 친구 두 명은 골에서 두 사람을 기다리기로 했다. 작은 몸이, 여기서 보니 더욱 작아 보였다. 힘내, 힘내. 하루토. 마음속으로 외웠다.

스타트 라인에 선 두 사람은 바로 자세를 잡았다.

"준비~."

내 옆에 있던 소년이 소리를 높였다.

멀리 있는데도 짜릿한 긴장감이 여기까지 전해져왔다.

"땅."

동시에 두 사람은 뛰기 시작했다. 하루토는 완벽하게 스타트했다. 연습대로 바로 몸을 세우지 않고 조금 견뎠다. 이윽고 스피드가 나기 시작하자 가슴을 펴고 앞을 봤다.

하지만 아아, 하고 하루토의 표정이 무너졌다. 그 시선 끝에 타이키가 있었으니까. 스타트는 거의 같았지만 가속은 타이키가 조금 더 빨랐다.

그 간발의 차는 하루토가 열심히 손을 뻗어온 50센티미터였다.

하지만 아직 포기하진 않았다. 울상으로, 괴로운 표정으로 이를 악물고 뛰었다. 팔을 휘젓고 다리를 앞으로 뻗어 도달하기 위해 발버둥을 친다. 그래도 전혀 줄어들지 않는 거리가 하루토의 얼굴에 절망이 되어 퍼졌다.

절망에는 확실한 무게가 있다.

그건 무겁고 괴로워서, 이윽고 고개를 숙이게 만들고 말았다.

하루토의 시선이 조금씩 아래로 내려갔다.

아아, 안 돼.

그래선 안 돼.

앞을 보지 않으면 뛸 수 없다.

앞을 보지 않으면 골인할 수 없다.

나는 그걸 안다.

방법이 없을까.

지금의, 그 머나먼 여름날을 지나온 지금의 내가 하루토를 위해 할 수 있는 것.

그때 차가운 겨울바람이 불었다.

내 등을 밀어주듯이 부는 그 바람에 나는 한 걸음을 내딛었다.

말해주면 돼, 하고 아카네가 말했다. 열심히 하라고. 그저 그거면 된다고.

한 발을 더 내밀었다.

정신을 차려보니 골 너머에 서 있었다.

그리고 자연스럽게 후우 공기를 들이마셨다. 폐에 들어간 공기 때문에 가슴이 부풀어 올라서 아팠다. 그걸 감정으로 바꾸어 외쳤다. 홀로 노력하는 어린 남자 아이에게⋯⋯.

너 더 이상 혼자가 아니야, 라고 말해주고 싶었으니까.

"하루토오오오. 고개, 들어어어어어어."

하루토가 목소리를 듣고 시키는 대로 고개를 들었다. 그러자 내 내 바람에 눌려있던 앞머리가 둥실 떠올랐다. 고개를 들자 시야를 가로막고 있는 건 이미 아무것도 없었다. 커다란 눈동자에 봄 하늘이, 내 모습이 비쳤다.

그리고 그는 눈을 크게 뜨고—.

"앞을, 봐아아아아아."

웃는다.

아아, 그렇구나.

그 웃음을 알아차렸다.

"나는 여기 있어."

틀림없이, 그 여름 날.

나도 이런 얼굴이었구나. 웃으면서 미래를 향해 뛰었지. 허탈했지만 나는 그 순간을 오늘까지 후회한 적 없다. 그래서 어쩌면 나는 이미 무언가를 그 손에 쥐고 있던 건지도 모른다.

나는, 내 노력은 보답 받았는지도 모른다.

목이 아프다.

이렇게 큰 소리를 지른 게 얼마만일까.

갈라져서 이상해진 목소리가 나자 부끄러웠다.

그래도 개의치 않고 소리쳤다.

양팔을 벌렸다.

"뛰어 들어어어어어어."

하루토의 스피드가 더 빨라졌다. 타이키는 황급히 스피드를 올렸지만 그보다 하루토가 훨씬 빨랐다. 이미 하루토는 타이키를 보고 있지 않았기 때문이다.

그 너머에 있는 다른 것을 보고 있었다.

한 걸음 내딛었다. 두 번째 걸음은 더 빠르다.

마지막에는 다리에 꾹 힘을 주고 내 말대로 뛰어 들었다.

"으악."

그 충격이 큰 나머지 뒤로 벌렁 쓰러졌다. 그래도 하루토가 다치지 않도록 품에 힘껏 안아주었다. 그 순간 내 코를 간질인 건 희미한, 그렇지만 확실한 봄 향기.

그리고 쓰러진 내가 본 것은 그날보다 눈부신 봄 하늘이었다.

"아야……."

부딪친 등이, 찌잉 아팠다. 배 위에 하루토가 있었다. 내 가슴에 딱 붙어서 내 목을 팔로 감고 있었다. 눈을 뜨자 코와 코가 닿을 정도로 가까웠다.

"으아아악, 미안해."

하루토가 새빨개진 얼굴로 당황해서 떨어졌다.

"괜찮아. 신경 쓰지 마. 그보다."

"어?"

"축하해."

어? 어? 하고 사고회로가 펑크나서 아직도 빨간 얼굴로 고개를 젓는 하루토에게 가르쳐주었다.

"네가 이겼어."

여기가 우리가 도달한 곳이었다.

외톨이는 더 이상, 어디에도 없었다.

Epilogue

Life goes on

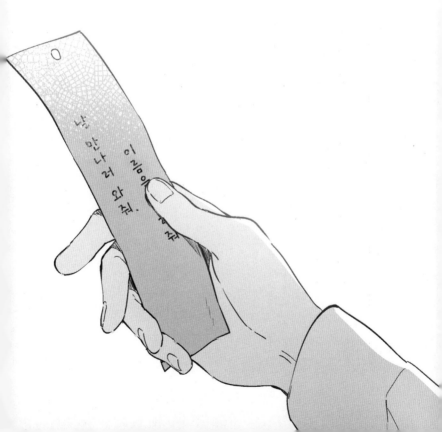

만남과 이별을 반복하고, 그래도 우리는 살아간다.

언제 어디선가.

모르는, 하지만 그리운 미소를 다시 만나기를 기도하면서…….

※

약속 장소는 평소의 그 공원.

어제 승부 후 하루토가 말한 시간보다 좀 더 일찍 약속 장소에 도착했다.

오늘도 쾌청하다. 파란 하늘에 하얀 구름.

봄 햇살이 세상을 따뜻하게 감쌌다.

가지 위에서 미소 짓는 하얀 꽃의 중심이 어제보다 조금 더 붉었다. 어떤 책에서 읽은 적 있는데 벚꽃의 핑크색은 지기 시작하는 사인이라고 했다. 손을 뻗어 손끝으로 살짝 만져보자 미안하게도 꽃잎이 하늘하늘 공중으로 훌쩍 날았다.

"아, 세가와 씨, 일찍 왔네. 미안. 내가 너무 늦었나."

"아냐, 괜찮아, 근데 어?"

이제 완전히 익숙해진 목소리 쪽으로 고개를 돌리자, 그곳에는 모르는 여자 아이가 서 있었다.

체육복 차림이 아니고 길게 기른 앞머리는 핀으로 확실하게 고정되어 있었다. 무엇보다 놀라운 건 치마를 입고 있다는 사실이었다. 그 목소리는 들은 적이 있고 잘 보니 눈에 익은 것 같기도 하다.

그래도 틀림없이, 원래라면 이름을 물어봐야 하겠지.

그런데 입에 올린 건 이런 말이었다.

"앞머리, 올렸네."

"응. 이제 앞을 가리지 않아도 똑바로 얼굴을 들고 걸을 수 있을 것 같아서. 그래서 이렇게 만나러 왔어. 있잖아, 세가와 씨. 이게 진짜 내 모습이야."

어때, 하고 조금은 겁먹은 모습을 보이면서 약간 쑥스러운 듯이 하루토가 웃었다.

순간 몇 가지가 내 머리 안에서 연결되었다.

언젠가 하루토가 한 말.

『1년 정도 됐나. 내내 친했던 친구가 갑자기 나랑 안 놀기 시작했어. 이유는 알지만, 그건 나로서는 어쩔 수 없는 일이었거든. 그래도 나는 걔들이랑 놀고 싶어서 그 아이들을 따라해 봤는데 안 됐어.』

내가 하루토랑 같이 있으면 불쾌해 하던 타이키.

『이 녀석은 우리랑은 달라.』

『아무것도 모르는 주제에. 제삼자는 빠져.』

나도 모르게 웃었다. 뭐야, 그런 거였구나.

"아앗, 왜 그래? 이, 이상한가?"

"아니, 미안. 그게 아니라. 그런 거 아냐."

하루토도 나도 아무것도 몰랐던 거다. 그리고 지금은 하루토만 모른다. 그렇지. 확실히 나는 외부인이고, 아무것도 모른다. 그건 너무 잔혹한 일이라 타이키가 노려보아도 어쩔 수 없을지도 모른다. 틀림없이 타이키는 하루토를 이성으로 좋아하는 것이리라. 그래서 계속 친구로 지낼 수 없게 된 것이다.

"맞다. 타이키에게도 사과해주면 안 될까. 미안하다고."

"그, 그건 왜?"

"말하면 알 거야."

"그래?"

하루토가 고개를 갸웃거렸다.

찰랑거리는 머리카락이 하얀 뺨을 쓸었다.

"그래. 그럼 바로 오늘 약속을 수행할까. 하루토는 나한테 무슨 소원을 빌고 싶어?"

하루토는 승부에서 이겼다.

그러니 다음은 내가 약속을 지킬 차례다.

"아, 그건 말야. 저기, 그러니까."

"응?"

"음, 그럼, 응. 내 소원은 여기 적혀 있어."

우물쭈물하던 하루토가 내게 내민 것은 핑크색 종이였다. 나는 그걸 받아서 바라보았다. 얼핏 보면 책갈피처럼 보였지만 뒤집어 보자 그곳에는 이런 글씨가 적혀 있었다.

『날 만나러 와줘. 이름을 불러줘.』

귀여운, 여자 아이의 글씨.

그 핑크색 『소원』은 그 색과 비슷하게 희미한 벚꽃 향기를 품고 있었다. 그러니 이건 책갈피가 아닐 것이다. 견우와 직녀가 몇 번이고 만나기 위해 필요했던, 은하수를 건너는 오작교.

"나랑 친구가 되어줘. 세가와 씨. 조금만 더 있으면 대학으로 돌아갈 거지? 그러니까 가끔이라도 괜찮아. 여기 돌아왔을 때라도 좋으니까 언젠가 또 날 만나러 와줘. 이름을 불러줘. 놀아줘."

안 돼? 하고 버림받은 강아지 같은 눈빛에 대한 나의 대답은 당연히—.

"하아, 충격 받았어."

"어, 왜?"

"난 이미 하루토랑 친구라고 생각했는데, 하루토는 아니었다니."

"어, 아니, 그게, 아니라."

내 얼굴을 본 하루토는 내가 웃는 것을 끝까지 확인했다. 아무래도 자기를 놀리고 있다는 걸 알아차린 것 같았다.

"세가와 씨는 진짜 심술쟁이."

부루퉁해진 하루토에게 사과했다.

"미안. 그럼 오늘은 뭐 하고 놀까. 어디 가고 싶은 곳 있어?"

"응, 응. 꽃구경 가고 싶어. 타이키, 가 아니라 타이랑 친구들도 같이. 괜찮아?"

"그래. 그럼 갈까."

하루토가 뛰어갔다. 약간 진 벚꽃이 하루토가 뛸 때마다 땅에서 둥실 떠올라, 그 가벼운 걸음걸이를 분홍색으로 물들였다. 어이,

하고 부르려다가 알아차렸다. 내 손에 들린 분홍색에 물든 그녀의 소원. 그 끝에 적힌 이름. 거기 적힌 글자는 『하루토』가 아니었다. 두 글자였다. 그렇다면.

"하루토. 네 이름—."

하루토가 돌아보았다. 양손을 펼친다. 세상 모든 것을 그 작은 가슴에 안으려는 듯이 필사적으로 뻗었다. 아아, 그래. 필사적이 되어 어딘가에 도달하면 무언가를 만날 수 있다. 그리고 우리는 하나하나를 손에 넣어간다.

"응. 하루토는 사실 성이야. 내 진짜 이름은—."

중얼거린 건 역시 두 글자였다. 그리고 하늘에 하루토의 손가락이 쓴 건, 초등학생도 아는 간단한 한자였다.

『유키(幸)[5]』

간단하기에 발견하는 것도, 눈치채는 것도 어렵지만 의외로 바로 앞에 있는 것.

우리가 열심히 손을 뻗었고, 그리고 도달한 곳에서 잡은 것이다.

"……이름 좋네."

"그렇지?"

"그래서 벚꽃 향수를 뿌렸구나."

어제 안았을 때 그 아이의 몸에서 달달한 향기가 훅 올라왔다.

#5 유키(幸) 행복.

그리고 오늘도 하루토에게선 벚꽃 향이 났다.

"그건 세가와 씨가 냄새를 맡으니까."

"이젠 안 그래."

하루토가 여자 아이란 걸 알았으니 더더욱 안 할 것이다. 하지만 아무래도 믿지 않는 눈치였다.

"그건 모르는 거잖아. 그리고 그래서 벚꽃 향수를 뿌렸구나, 라는 것도 이상해. 벚꽃 향기랑 내 이름은 아무 상관이 없는데."

"아냐. 그렇지도 않아. 왜냐하면."

—내게 이 꽃향기는.

말을 하려다 말았다. 비밀로 해둘까. 이건 나만 아는, 세상이 숨긴 비밀이니까. 말이 없어진 나를 하루토가 의아한 듯 바라보았다.

"왜냐하면?"

"아무것도 아냐."

"그렇구나."

벚꽃이 춤춘다.

하늘하늘하늘하늘.

"있잖아, 세가와 씨. 날 발견해줘서 고마워."

그런 말이 꽃과 춤추는 바람에 실려 내게 똑똑하게 전해졌다. 그건 나라는 사람의 심연. 아마 가장 깊은 곳에 자리 잡았다가 녹을 것이다. 그렇게 내 일부가 되었다.

오랫동안, 벌써 몇 년 전부터 찾고 있던 것이 이 말이었다는 걸 나는 안다.

그래서 이런 생각을 하기 시작했다. 선생님이란 걸 해봐도 괜찮겠다고. 하루토처럼 혼자인 아이에게 다가갈 수 있다는 건 아주 멋진 일인 것 같다. 외톨이를 외톨이인 채로 두고 싶지 않았다.

머릿속으로는 이미 필요한 이수 과목을 계산하기 시작했다.

"여기야, 세가와 씨. 얼른~."

쑥스러운 듯이 나를 부르는 목소리가 들려서 뛰기 시작했다.

"지금 갈게."

그리고 하루토의 이름을 불렀다.

지금 내 오른손에는 분홍색으로 물든 두 개의 『소원』이 돌고 돌아 들려있었다.

이미 지나가버린 언젠가 봄날의 일. 손안에 분명히 있던 벚꽃 꽃잎이 바람을 타고 내 손이 닿지 않는 곳으로 가버린 것을 떠올렸다.

하지만 이번엔 다르다. 바람에 날려가지 않도록, 놓치지 않도록 세게, 힘 있게 움켜쥐었다.

그러니 이건 사라지지 않는다.

앞으로는 계속, 이곳에 있을 것이다.

누군가가 가슴 속에 계속 품고 있던 『소원』이 지금 내게 닿음으로써 미래의, 아직 모르는 내일로 이어지는 『희망』으로 그 모습을 바꾸어 간다. 살짝 『행복』의 소리가 곁들여지고……. 그래서, 그래서 말야.

"만나러 와."

누군가가 기도한다.

응, 반드시 만나러 갈게.

"이름을 불러줘."

누군가가 외쳤다.

그리고 네 이름을 부를 거야.

계절은 봄.

이별과 만남이 향기로울 무렵.

우리는 앞으로도 많은 만남을 거치며 언젠가 누군가의 곁으로 갈 것이다. 그때, 나는 웃으면서 그 낯설고 소중한 사람을 향해 이렇게 말하겠지.

처음 뵙겠습니다
―Hello.

아니, 몇 번이든, 몇 번이든 말할 거니까, 이렇게 되려나.

당신을 좋아해요
"Hello, Hello and Hello."

많은, 수많은 감정을 담아 여러 번 반갑다고 말하면서―.

내 세계에 다시 『유키』의 향기가 차오른다.

그런 미래를 향해 분명하게 걷기 시작했다.

Fin

❀❅

"있잖아, ——."

2월 13일 그날 밤, 두 사람이 가슴에 품은 같은 소원. 그리고 하루요시의 손에서만 떨어져버린 것. 만나러 와줘, 이름을 불러줘. 그런 마음의 파편을 다시 한 번 그에게 전하러 왔습니다.

안녕하세요. 혹은 반갑습니다.

이 책은 저의 데뷔작 『Hello, Hello and Hello』의 본편을 더 즐기실 수 있도록 쓴 번외편입니다. 독자 여러분도 놀라셨겠지만, 저 또한 설마 이 작품으로 두 번째 책을 낼 수 있을 거라고는 상상도 못했습니다. 그도 그럴 게 담당자님과 처음 뵈었을 때, 이거 속편은 쓰실 수 있냐는 질문을 받아서, 이 이야기는 이걸로 끝이라고 대답했으니까요. 하지만 본편에서는 쓰지 못했던 요소도 많았기 때문에 그렇다면, 하고 전격문고 MAGAZINE에서 새로 단편을 몇 개 써보시는 건 어떻습니까 하는 제안을 받은 것입니다만……

단순한 저는 일 년 만에 그들을 다시 만난다는 것에 설레어, 정신을 차려보니 전격문고 MAGAZINE에 실린 세 단편을 수정하고 새로 두 편을 더해서 한 권이 완성되었습니다.

유키의 가족들과의 추억과 하루요시의 학교생활. 본편에도 조금씩 언급된 별자리를 잇기도 하고 겨울 바다에 간 것. 기쁨의 별, 호쿨레아. 또 다른 히로인인 아카네의 사랑이야기.

그리고 모두의 『지금까지』와 『앞으로』에 대하여…….

솔직히 사족이 되지 않을까 하는 불안한 마음도 있었지만 그래도 지금은 당당하게 말할 수 있을 것 같습니다.

이건 그와 그녀에게 꼭 필요한 한 권이었다고.

본편은 『만남』과 『이별』 이야기.

번외편은 『소원』과 『희망』 이야기.

여러분께서도 재미있게 읽어주셨다면 기쁘겠습니다.

그리고 놀랍게도 『Hello, Hello and Hello』의 코미컬라이즈가 결정되었습니다. 테루야 씨가 그리는 만화로 볼 두 사람의 이야기를, 저 역시 한 사람의 독자로서 기대하고 있습니다.

그럼 이제 감사 인사를 전하고자 합니다.

이번에도 근사한 일러스트로 이야기에 색채를 더해주신 부타 씨. 부타 씨가 그리는 두 사람을 더 보고 싶다는 마음 역시 이 책을 쓰는 원동력이 되었습니다. 그리고 제 고집을 들어주신 담당자 후나츠 씨. 디자이너 카마베 씨를 비롯하여 힘써 주신 모든 분들.

물론 가장 감사한 분은 이 책을 읽어주신 당신입니다. 정말 감사합니다. 다음 이야기에서도 또 여러분과 만날 수 있기를 기대하며 현재 진행형으로 노력하고 있습니다.

그리고 마지막으로 여기서 뒷이야기, 라고 해야 하나 제 나름의 해석을 하나 붙이고자 합니다.

혹은 제가 이 이야기와 여러분께 담은 『소원』과 『희망』의 이야기일까요.

『Hello, Hello and Hello』는 평범한 소년이 한 소녀의 마음을 구원하는 이야기입니다. 그리고 동시에 한 소녀가 세상의 아름다움에 다시 한 번 눈을 뜨기까지의 이야기이기도 합니다.

그래서 그녀가 처한 상황을 그로서는 어떻게 해줄 도리가 없습니다. 그녀 본인이 어쩔 수 없는 것으로 받아들이고 있으니까요. 그래도 여러분이 이 만남의 이야기를 읽어주신 것이 그녀에게는 또 하나의 확실한 구원이었다고 저는 믿고 싶습니다.

예를 들어 Contact.214+1에서 그녀의 모습은 어디에도 없었습니다.

봄의 이야기니까요. 겨울은 지나고 눈은 전부 녹아 보이지 않게 되어, 그곳에 쌓여있었다는 건 이 이야기의 등장인물들은 아무도 모릅니다.

하지만 틀림없이 이 이야기를 읽어주신 여러분들만큼은 성장한 청년이 펼친 두 팔 안에서 한 소녀의 웃는 얼굴을, 외치는 목소리를, 그 모습을 발견하시지 않았을까요.

만약 그렇다면—.

세상 어디에도 없던 사랑이지만, 내내 외톨이였던 소녀지만—.

그가 보낸 이야기의 맞은편에서, 그녀와 마찬가지로 세상의 이치에서 벗어나, 하지만 이 세계에 간섭해준 『그녀를 어째서인지 알고 있는 신비로운 누군가』와 틀림없이 만났을 거라고, 그래서 그녀는 더 이상 외톨이가 아니라고 해도 되지 않을까 생각합니다.

그 사람은 그녀의 노력을, 슬픔을, 절망을, 기쁨을, 움켜쥔 소원을······.

무엇 하나 흘리지 않고 전부 기억해줄 거라고 생각하니까.

그러니까 여름의 별자리를 올려다볼 때, 가을 문화제 준비 도중에, 겨울 바다를 바라보던 순간에, 그리고 봄의 햇살 속에서 뛰었다면—.

당신만이 아는 그 이름을 불러주세요. 그 앞에서 행복하게 웃는 그녀의 작은 어깨를 힘껏 끌어안고 애썼다고 칭찬해주세요.

그리고 반갑다고 말을 걸고. 아아, 하지만 그 역할은 그녀를 모르는, 그래도 그녀와 분명히 같은 시간을 살아온 청년의 것일지도 모릅니다.

그게 언제일까. 어떤 형태일까. 처음부터 있는 건지 없는 건지도 모릅니다.

이 이야기에서는 알 수 없는 더 먼 미래의 이야기가 되겠지만요.

다만 이야기의 『fin』 너머에, 앞으로도 이어질 인생 끝에, 봄과 눈이 같이 있는 기적 속에서 소중한 사람을 부르는 목소리를 누군가가 이미 살펴보고 있다면—.

그건 틀림없이 두 사람이 걸어온 길이 『세상에서 가장 행복한 사랑 이야기』로 다시 이어진다는 증거겠죠. 또한 기적이 되기에 충분한 근거가 하나 더. 하루『요시(由)』의 손안에 『희(希)』망이 있다면, 그 가슴 속에는 언제나 『유키(由希)』가 있을 겁니다. 그러니 이제는 기도하는 수밖에요. 빛나는 내일로, 하루요시와 유키, 당신과 내가 꼭 도착할 수 있도록……

그런 바람을 담아 이야기의 마지막은 그가 가슴에 품고 있던 이

말로 마무리할까 합니다.

여기가 우리가 도달한 곳이었다.
외톨이는 더 이상, 어디에도 없었다.

2018년 6월. 두꺼운 구름 너머로 펼쳐져 있을 별들을 상상하면서.
하즈키 아야

Hello, Hello and Hello
~piece of mind~

초판 1쇄 발행 2019년 10월 20일

지은이_ Aya Hazuki
일러스트_ booota
옮긴이_ 이소연

발행인_ 신현호
편집장_ 김은주
편집진행_ 최은진 · 김기준 · 김승신 · 원현선 · 권세라
편집디자인_ 양우연
국제업무_ 정아라 · 전은지
관리 · 영업_ 김민원 · 조은걸 · 조인희

펴낸곳_ (주)디앤씨미디어
등록_ 2002년 4월 25일 제20-260호
주소_ 서울시 구로구 디지털로 26길 111 JnK디지털타워 503호
전화_ 02-333-2513(대표)
팩시밀리_ 02-333-2514
이메일_ lnovelpiya@naver.com
ㄴ노벨 공식 카페_ http://cafe.naver.com/lnovel11

Hello,Hello and Hello~piece of mind~
ⓒAya Hazuki 2018
First published in Japan in 2018 by KADOKAWA CORPORATION, Tokyo.
Korean translation rights arranged with KADOKAWA CORPORATION, Tokyo,
through Korea Copyright Center Inc.

ISBN 979-11-278-5290-0 04830
ISBN 979-11-278-5183-5 (세트)

값 9,800원